Ce bien n'est plus
la propriété du
C.R.S.B.P. du
Bas-St-Laurent inc.

DU MÊME AUTEUR

Aux Éditions Verdier

LA DEMANDE, 1999 (Folio n° 3484). *Prix de la R.T.B.F. Prix Flaiano de littérature étrangère.*

L'HABITUÉE, 1996.

Aux Éditions Nathan

CARNETS DE VISITES, Hien Lam Duc, texte de Michèle Desbordes, 1999.

Aux Éditions Arcane 17/Éditions Verdier

SOMBRES DANS LA VILLE OÙ ELLES SE TAISENT, poèmes, 1986.

LE COMMANDEMENT

MICHÈLE DESBORDES

LE COMMANDEMENT

roman

Ce bien n'est plus
la propriété du
C.R.S.B.P. du
Bas-St-Laurent inc.

nrf

GALLIMARD

3 0009 01285 522 2

© Éditions Gallimard, 2001.

À Jacques Desbordes

*M'est avis qu'il est comme nous tous ici. Il
y a si longtemps qu'il le fait que maintenant
il ne peut plus s'en dispenser.*
                    William Faulkner

*L'avenir est fixe, cher Monsieur Kappus,
c'est nous qui sommes toujours en mouvement dans l'espace infini.*
        Rainer Maria Rilke, 12 août 1904

Elle a vu la neige tomber, le petit arpent et les arbres devenir blancs, tranquillement les flocons voiler ciel et campagne. Elle est restée debout contre la fenêtre, sans rien dire elle a regardé le petit s'éloigner par le chemin. Plus tard — la nuit venait, basse et lourde, une nuit de neige — elle s'est approchée de la table et elle a sorti les feuilles des poches du tablier, elle a dit que ce serait bien de la bonté si on les lui lisait.

L'un de nous est allé chercher l'écolier des Vignelles. Il a lu tandis que la nuit tombait, on ne savait où était le ciel où était la terre, de mémoire d'homme on n'avait jamais vu autant de neige sur la falaise. Il a lu les lettres et les pages, les feuillets arrachés aux registres sur lesquels parfois les lettres étaient écrites, il a lu sans s'arrêter, et quand la chandelle s'est éteinte elle est allée en chercher une autre, elle a dit que ce serait bien de la bonté s'il pouvait lire toutes les lettres, tous les papiers qu'il y avait là.

Il a lu jusque tard dans la nuit. Parfois il s'arrêtait et la regardait. D'un mouvement de la tête elle disait de continuer, sitôt qu'elles étaient lues reprenant les feuilles et les pages et les rangeant dans la poche du tablier. Et quand il eut fini elle l'a remercié, elle a trempé un morceau de pain dans la soupe du chaudron. Elle a dit qu'il lui faudrait prendre quelque chose de chaud avant de repartir, que c'était bien du courage d'être venu par ce temps.

Nous nous sommes tus. Nous la regardions, petite et frêle et plus usée qu'une tige de bois sec, dans ses jupes et ses tabliers, tous les châles qui l'enveloppaient. Nous avons pensé que c'était la dernière fois que l'écolier des Vignelles venait lire les lettres. Que maintenant il n'y aurait plus rien à lui lire. Elle a fait quelques pas autour de la table et elle est allée s'asseoir dans le coin à fagots, ne regardant plus rien ni personne, et quand plus tard elle s'est relevée ça a été pour nous dire le bonsoir, et qu'elle avait assez de bois pour son feu, qu'il ferait bien la nuit.

Du côté des granges, quand nous sommes partis, nous avons entendu les chiens aboyer, et plus loin la hulotte dans l'arbre creux. Le chemin était blanc de neige. Nous avons marché droit devant nous, sans nous retourner. Nous savions qu'elle était derrière son carreau à regarder, et qu'elle resterait là le temps que nous passions le talus et qu'elle ne voie plus rien de nous, plus frêle et plus petite encore, tremblante dans la lumière de sa chandelle. Nous avons marché les uns derrière les autres sans rien dire, dans le froid et la nuit, et tout l'hiver qu'il y avait. Par ici il n'y avait jamais eu autant d'hiver.

Alors nous nous sommes dit que point n'était besoin de quelqu'un pour porter les nouvelles, qu'il y avait des choses que nous savions depuis le commencement. Des choses que nous avions toujours sues, quand bien même avec le temps nous finissions par les oublier, chacun de nous ici et d'autres comme nous, ailleurs dans d'autres fermes et sur d'autres coteaux. Il y avait des histoires qui ne finissaient pas. Un jour elles commençaient, et ensuite personne, non, plus personne n'en voyait la fin.

I

1

Ce devait être la neige qui tombait, doucement et sans plus s'arrêter, plus tard c'est à ça que nous avons pensé, à la neige que nous avions eue cet hiver-là, et au petit quand il était arrivé par le chemin creux, aussi pâle aussi gris que le ciel et le bois d'où il sortait, et ensuite quand il avait passé la jachère, allant droit devant comme s'il n'avait jamais fait que ça, passer les mares et les jachères et venir les soirs de neige trouver les vieilles dans leur maison.

Depuis les baliveaux et la coupe du taillis, et si loin qu'il fût encore, nous l'avions reconnu, nous n'avions pas eu besoin de le regarder longtemps, ni même que bientôt il se tînt là dans le jour de la porte, dans ses capuches et ses vieilles laines, ses habits d'Amérique sur lesquels il portait, roulées autour de la tête et des épaules toutes ces laines, ces étoffes usagées qu'on avait dû lui donner à l'octroi ou ailleurs en ville quand l'hiver était arrivé, non il n'avait pas fallu longtemps, malgré la brume et le ciel bas depuis le taillis nous l'avions reconnu, et nous nous étions dit que ce devait être à cause de cette neige que nous avions, de mémoire d'homme nous n'avions jamais vu autant de neige par ici.

C'est à ça que nous avons d'abord pensé, à la neige et à tout ce gris sur le coteau, nous ne nous sommes pas demandé pourquoi le petit montait ni pourquoi il avait mis tout ce temps, nous avons pensé à la neige qui reprenait, qui tombait lente, épaisse, avec cette insistance, cette sorte d'obstination qui faisait croire qu'elle ne s'arrêterait pas. La même neige lente et obstinée, vite épaisse sur le chemin, le même ciel gris que le jour où nous avions porté l'homme derrière les frênes, et ça faisait déjà tout un mois, nous l'avions hissé sur la charrette et porté là-haut et le petit avait suivi sans rien dire, de tout le temps il s'était tu, tout le temps que nous faisions le trou et que la neige tombait, nous n'avions seulement jamais entendu le son de sa voix, et nous nous étions dit qu'il n'avait pas de voix pour parler, pas même pour dire qui était cet homme-là que nous mettions dans le trou et dont le curé ne voulait pas dans son cimetière. Il n'avait pas de voix, il n'en avait peut-être jamais eu, c'est ce que nous nous étions dit, ni quoi que ce fût qui ressemblât à une voix, il ne savait que crier et appeler au travers des coteaux.

Pour appeler il savait, et crier comme il criait, tandis que le chien aboyait à n'en plus finir, depuis les fermes nous avions entendu et nous étions montés là-haut, dans cette clairière où nous n'allions jamais, et d'où l'on voyait les vignes et les champs de l'autre rive et tous les bateaux filer dans le vent, quand on prenait par les mares et le chemin creux on apercevait au loin un bout du toit et les arbres de l'allée, c'était une cabane avec un porche et une allée, et quand l'autre, l'étranger, l'avait bâtie, plus d'un par ici en avait parlé et s'était demandé ce que c'était qu'une cabane comme celle-là, et qu'il mettait si longtemps à bâtir.

16

Nous étions allés jusqu'au taillis, jusqu'à la cabane qu'on voyait dans la clairière, et quand nous avions poussé la porte nous les avions trouvés là tous les deux, l'homme tout froid, tout raide sur sa paillasse et contre lui, au plus près qu'il pouvait être, l'enfant qui avait appelé, qui à présent se taisait et ne se tournait pas même quand nous poussions la porte, comme s'il était là depuis toujours, et qu'il n'ait jamais rien fait d'autre qu'être assis là sans bouger ni rien dire et veiller dans les taillis les hommes qui mouraient. Il n'avait pas parlé, pas même répondu aux questions que nous posions, et nous ne savions pas qui il était, ni l'autre qu'il veillait, nous savions seulement qu'il nous tournait le dos et qu'il n'avait pas de voix pour parler, ni quoi que ce fût qui ressemblât à une voix, quoi que ce fût à dire ou à répondre aux honnêtes gens quand ils causaient. Il était resté là à regarder le mur devant lui, devant lui il avait regardé le mur, personne jamais n'avait regardé un mur de cette façon-là.

Alors nous nous étions dit que rien ne finissait, qu'il y avait des choses dont on ne voyait jamais la fin. Nous ne savions rien de ce qu'il y avait à savoir et nous ne l'avions pas même reconnu, lui le fils de la Gertie qui revenait, mais à les découvrir tous les deux dans cette pénombre et tout le gris de l'hiver, c'est ça que nous nous étions dit, que rien n'avait de fin, que les histoires se répétaient, avec d'autres visages et d'autres mots, d'autres ciels bleus ou d'autres mauvaises pluies, et toujours d'interminables automnes, si froids, si gris que chaque fois c'était comme si nous n'allions plus revoir le soleil.

Sans rien savoir, ni penser que c'était lui, le reconnaître comme on reconnaît les siens quand ils reviennent, malgré que le temps ait passé et que les uns et les autres nous ne soyons plus vraiment les mêmes, ni le monde autour de nous. Nous ne l'avons pas plus reconnu ce soir-là que les autres, et ce n'était pas le temps qui manquait, non ce n'était pas le temps, il était là tout froid tout raide, recroquevillé à nos pieds comme s'il dormait, et nous ne faisions que le regarder. Pour l'avoir regardé nous l'avons regardé.

Il était revenu comme il était parti, sans rien dire ni parler à personne, alors quand sur la fin de l'hiver il s'était mis à errer du côté des ruelles et des entrepôts, et plus haut vers les salorges avec ceux que les bateaux ramenaient d'Amérique, personne ici n'avait pensé à lui, ni ceux du port, ni nous-mêmes qui cultivions les champs en lisière et passions le soir avec nos tombereaux. Ça faisait bien trop de temps qu'on ne l'avait vu, bien trop de temps qu'il était parti là-bas.

Il n'avait rien dit. Ni qu'il revenait d'Amérique ni qu'il était le fils de la Gertie, la vieille du coteau. Il n'était pas même allé la trouver, elle, aux Lutz où elle demeurait encore.

À croire que ce n'était pas pour ça qu'il avait fait tout ce chemin, depuis là-bas jusqu'ici à des milles et des milles, pour qu'on le reconnût et qu'on sût que c'était lui le fils de la Gertie, la vieille des Lutz, qui revenait après tout ce temps, toutes ces années passées au loin, oui, dire qui il était et toutes ces choses qu'on dit et qu'on fait quand on revient, et alors on comprend que c'est vous, on est heureux et on vous embrasse, on raconte les souvenirs et tout le temps passé, et d'un coup la vie paraît plus douce.

Il n'avait rien dit ni raconté de tout ça, il s'était mis à arpenter le coteau avec l'enfant, le petit mulâtre, et marcher tout ce qu'il savait, là-haut dans le taillis comme s'il n'avait que ça à faire, aller tout le jour au travers du taillis, depuis les carrières jusqu'au bois des falaises et plus loin encore du côté des fermes, demandant son chemin comme un étranger, et si derrière Miseri, plus loin plus haut dans le bois, il n'y aurait pas un bout de terre, des friches dont personne ici n'aurait l'usage. Chaque jour que Dieu fait, et nous aurions pu le reconnaître plus d'une fois, grand comme il était avec cette mèche qui lui tombait sur le front, et cette façon d'aller droit devant sans rien voir ni regarder, comme s'il n'avait jamais fait que ça, aller droit devant et arpenter les coteaux. Il n'y avait que lui pour aller de la sorte sans parler ni voir personne, autrefois quand nous le croisions du côté des fermes, c'était le bonjour le bonsoir et rien d'autre, et nous disions qu'avec l'ouvrage qu'elle avait, la vieille des Lutz n'avait pas le temps d'apprendre à causer à ses garçons, nous disions que point n'était besoin de causer pour abattre sa part de besogne et être des nôtres, nous n'y faisions pas plus attention que ça.

Chaque jour que Dieu fait, avec l'enfant, le petit mulâtre qu'on voyait partout avec lui, et le chien, et nous disions qu'ils n'étaient pas d'ici, nous disions qu'ils étaient d'Amérique, lui le fils qui revenait, que nous ne reconnaissions pas, et le petit qui le suivait partout. Chaque jour jusqu'à ce qu'il trouve là-haut cette clairière dans le taillis. Il avait trouvé, il avait fini par trouver, il n'avait pas eu besoin qu'on lui dît quoi que ce fût, ni de monter par les carrières ou les jardins ni de tourner comme pour aller aux fermes sitôt passé le bois, là-haut personne ne demandait rien à personne et chacun pouvait faire comme il l'entendait, mettre sa vache à pâturer ou bâtir ce qu'il avait à bâtir de cabanes, de granges ou de masures. Il avait trouvé cette friche d'herbe douce, cette moitié de moitié d'arpent où jamais personne n'allait, et d'où par ciel clair on voyait le fleuve et les bateaux, et en bas toutes les voiles briller dans le dernier soleil, les nuages filer vers l'intérieur des terres, blancs, ourlés de gris, et à ce moment-là une autre moitié de saison avait passé, les arbres faisaient leurs feuilles et le vent de mer portait les pluies.

Et alors il a commencé à passer avec ses planches. Quand il eut trouvé la clairière, la friche d'herbe douce d'où l'on voyait le fleuve et les bateaux, et parfois le soir le soleil éclairer la Rivière, il s'est mis à aller et venir avec ses planches, depuis le port jusque là-haut où il les montait, tout un chemin depuis la cale aux moules jusqu'aux chantiers où il demandait qu'on lui donnât du bois des bateaux, les sapines qu'on démolissait après qu'elles avaient descendu les blés et les faïences, demandant le bois des sapines et le chargeant sur son dos et le dos du petit ainsi que dans la brouette que tirait le chien, et de là par les carrières et les jardins ils gagnaient le coteau, et dans la montée ils s'arrêtaient et déposaient leur charge, ils poussaient la brouette que le chien ne parvenait plus à tirer, ou bien c'était l'enfant, le petit mulâtre qui perdait une planche en chemin et s'arrêtait, disait de ne pas l'attendre.

Et quand nous demandions où ils allaient comme ça, l'homme parlait d'une cabane qu'il bâtissait dans le taillis, il parlait avec l'accent des gens de là-bas et il en restait là tournant le dos et passant son chemin, hâtant le pas comme si le temps pressait, ou qu'il eût mieux à faire qu'à s'arrêter et parler avec ceux d'ici, il continuait jusqu'à la clairière où il se mettait à tailler le bois et l'assembler, séparant les planches les unes des autres, les courtes des plus longues et celles de sapin des planches lourdes des merrains, les disposant sur le sol et y dessinant des sortes d'écailles qu'il découpait puis alignait sur l'herbe, figurant mur après mur et le toit pour finir, quatre pans des mêmes tuiles de bois clair et lisse, avec les pluies et l'air du fleuve le bois pâlirait, se polirait de nacres et de gris, c'est ce qu'il disait, il parlait des maisons de là-bas tout en tuiles que le vent, les pluies polissaient.

Le peu qu'il parlait c'était à propos de cette cabane et des tuiles qu'il découpait dans le bois, les essentes comme là-bas ils mettaient aux maisons, les murs, les pignons, il n'en finissait pas de les tailler et de les ajuster, et nous disions que jamais personne n'avait mis autant de temps pour bâtir une cabane, qu'à notre avis il fallait bien du temps pour cette cabane-là, tout l'été et le commencement de l'automne et il y avait toujours quelque chose à faire ou refaire, un aplomb, un mur ou un pan de toit.

Le temps passait et il n'y avait plus de fin à rien, ni à la fabrique de la cabane ni aux allées et venues avec les planches jusque là-haut où ils les portaient, c'était à se demander s'il en aurait un jour fini avec l'ouvrage, si même il avait l'intention d'en finir. Car lorsqu'il eut arrêté le tout à la bonne hauteur puis monté les quatre pans du toit et le faîtage, il entreprenait le porche et son auvent sur les deux colonnes de bois clair, disant qu'il fallait un porche et devant le porche une allée, qu'on ne pouvait, si modeste fût-il, bâtir de logis sans porche ni allée qui y menât, il plantait l'allée, ces ifs qu'il avait trouvés on ne savait où, quand nous passions nous apercevions l'allée dans le taillis, les trente ifs qui menaient au porche, et nous nous demandions pourquoi, devant ce qui n'était qu'une cabane, il plantait une allée et un porche, de pareilles cabanes tout en tuiles avec un porche et un chemin d'arbres nous n'en avions jamais vu.

Nous disions qu'il avait dans la tête les maisons de là-bas, avec leurs terrasses et leurs porches et leurs allées d'orangers, c'est ce que nous disions. Et aussi qu'il n'y avait pas de raison que cela prît fin, pas plus de raison qu'un jour il cessât de porter ses planches là-haut et d'y bâtir cette cabane qu'il n'y en avait eu pour qu'il commence. Non, pas même qu'un jour il l'achevât. Et que s'il avait décidé de bâtir une cabane, il la bâtirait tout le temps que Dieu fait, et même aussi, pour peu que l'envie l'en prît, toute une rangée de cabanes là-haut sur la clairière.

Avec nos tombereaux nous les croisions du côté des jachères, ou plus loin vers les grands blés et la chanvrière, le matin avec leurs planches et le soir quand ils revenaient, le soleil passait derrière les frênes et le jour tombait, ils gagnaient le fleuve et le bout du port, les ruelles du haut de la ille où ils disparaissaient dans le dernier jour, les bruits, les odeurs du soir.

Parfois le petit tardait, traînait le pas, alors ils s'arrêtaient et regardaient les bateaux, ici sur la Rivière de Nantes ce n'était pas les bateaux qui manquaient, de ceux qui portaient les vins et les blés, et depuis les marais le sel et le bois, ou qui allaient à l'Afrique avec les peaux de chat et les clochettes d'argent, les guinées bleues de l'Inde et dans les sacs le riz gruau et les fèves de Marennes, là-bas prenaient les nègres, les mettaient dans les cales et traversaient les mers, quarante jours jusqu'à l'Afrique et quarante autres avec les nègres dans les cales jusqu'à l'Amérique, ici les bateaux il y en avait, et de ceux qui allaient très loin et mettaient des mois des années à revenir. Ils regardaient les bateaux, ceux qui entraient dans la Rivière et les autres qui descendaient à la mer, les voiles qu'on ferlait, qu'on abattait, puis ils remontaient, par les ruelles gagnaient les hauts de la ville, les vieux quartiers où sans doute, pour un peu d'ouvrage et des services qu'ils rendaient, on les logeait, un galetas, une soupente dans une arrière-cour, ou l'un ou l'autre des greniers qu'il y avait en haut des boutiques. Chaque jour nous les voyions passer et à la fin nous n'y faisions pas plus attention que ça. Ni à l'homme ni aux planches qu'il n'en finissait pas de porter là-haut. Ni au petit qui suivait sans rien dire. Avec nos raies de terre et le souci qu'elles donnaient et la chanvrière qui fournissait à l'ouvrage du soir, nous n'avions guère le temps pour rien d'autre, nous n'en avions jamais eu, pas plus que de nous mêler de ce qui n'était pas notre affaire.

Alors quand un soir l'homme ne redescend pas, c'est à peine si nous en faisons cas. Un soir au commencement des pluies il reste là-haut, nous ne le voyons redescendre ni ce soir-là ni plus tard quand avec le froid l'hiver s'installe tout de bon. Et quand dans les jours qui suivent le petit commence ses allées et venues avec ses paniers, nous ne nous sommes pas plus étonnés que ça, nous disons qu'ils en ont fini avec la cabane et toutes leurs planches et cette façon de faire à quoi nous n'entendons pas grand-chose. Nous restons un bout de temps sans nous occuper de rien, ni de l'homme que nous avons cessé de voir, ni de l'enfant, le petit mulâtre qui passe le midi avec ses paniers, et redescend le soir sur le coup de cinq heures. Une heure pour aller, une heure pour revenir, depuis le port jusqu'aux carrières, et de là par les garennes jusqu'au taillis, et il se met à pleuvoir, une petite pluie qui vient de la côte, drue, brillante au-dessus des toits, au-dessus du fleuve où elle crépite doucement, il file entre les sacs et les cordages, les voiles rouges et brunes et les charrettes sur les pavés, ne cherchant pas même à s'abriter ou comme d'autres regarder les bateaux qui entrent dans la Rivière, les grands avec toutes leurs voiles dans le vent, et les escaffes, les gabarres qui vont et viennent depuis la mer.

Oui tout le temps des pluies, et qu'il porte là-haut ses paniers. Plus tard nous nous souvenons des brouillards et des pluies qui prennent autour de midi et durent ce qu'il reste de jour, Dieu sait s'il pleut cette saison-là, il pleut jusqu'à ce que la Rivière monte de toutes ses eaux et de l'autre côté gagne la prairie, laissant derrière elles les bêtes mortes dans le pâtis, la broussaille des berges, et parfois le soleil apparaît encore, il éclaire les champs d'herbe et les vignes, un moment le ciel redevient bleu avec de grands nuages blancs ourlés de gris qui filent vers les terres, vers Montluc et plus loin vers Ancenis, et dans le bas tout contre l'horizon, des lambeaux de vert comme au printemps entre les ondées.

Tout le temps qu'il pleut. L'automne et la fin de l'automne, et décembre jusqu'à la Noël, jusqu'à ce qu'arrivent l'hiver et le froid, et que le petit n'ait plus rien à monter, ni soupe ni bouilli ni quoi que ce soit d'autre.

Et alors nous entendons ce que nous entendons, le chien qui aboie et le petit qui appelle et crie tout au travers du coteau, courant et trébuchant dans le taillis, nous l'entendons depuis les fermes et nous montons là-haut où dans le gris et le froid et toute cette nuit qui tombe ils appellent. Et quand nous arrivons à la lisière du bois nous le voyons qui retourne à la cabane, il ne court plus, il marche sur l'allée avec le chien, tandis que la pluie reprend et le vent du côté de Miseri, et quand nous entrons nous les trouvons l'un près de l'autre, l'homme tout froid tout raide sur sa paillasse, et contre lui immobile et silencieux et ne tournant pas même la tête quand nous poussons la porte, l'enfant, le petit mulâtre qui le veille sans bouger ni rien dire, ni répondre quand on lui parle, comme s'il n'avait jamais fait que ça, veiller ceux qui passent sans rien dire ni voir personne, tandis que la pluie reprend, que le froid, le vent arrivent par les terres, ne se tournant pas même pour nous voir arriver, comme s'il n'avait pas appelé, pas crié pour que nous venions, à perdre haleine au travers du coteau, gris dans le jour gris, silencieux et résigné comme sont les bêtes, ou ceux qui n'attendent n'espèrent plus rien, nous ignorant soudain, nous oubliant ainsi que ses appels et ses cris et toute sa peur dans le taillis du bois, vêtu de gris, le gris sale et terne des linges vieux et trop lavés, les épaules tremblent, remuent doucement, nous voyons le dos, la nuque frêles et la lumière sur la peau, le jour tomber sur la peau brune, la peau lentement s'assombrir.

Nous disons que c'est bien du malheur et toutes ces choses qu'on pense et qu'on dit à ces moments-là, nous pensons qu'il finira bien par parler, par bouger et dire qu'il a froid et qu'il a faim, et nous restons là à attendre, à nous taire nous aussi, dans tout ce froid, cette pénombre. Dans le peu de lumière nous voyons luire les essentes, les tuiles du bois des sapines, dessinées puis taillées dans le bois toutes les tuiles en forme d'écaille qui font les murs, et sur le sol quelques copeaux qui restent là, pâles presque brillants sur la terre battue, d'où surgit de temps à autre, épargné par le froid, par l'hiver, un insecte à la carapace noire, bleuâtre qui va et vient au travers de la cabane. Et quand plus tard nous parlons de descendre et de l'emmener avec nous, de la tête il refuse, chétif et malingre, avec ces yeux qui lui mangent la figure, ces deux flaques pâles sur la peau brune, sept ans, huit ans peut-être, guère davantage. À se demander si ce n'est pas ça qu'il veut, s'il ne veut pas en finir une bonne fois avec cet hiver et ce pays du bout du monde où on l'a amené. Les épaules tremblent, bougent doucement, nous voyons les épaules trembler et les genoux, il baisse la tête et regarde ses mains, ses genoux qui tremblent, ou bien le mur devant lui, il le regarde tant que nous nous disons que ce n'est pas le mur qu'il regarde, mais derrière ce mur-là tout ce qu'il y a de bois et de taillis, et plus loin encore derrière le bois, la mer par où

26

il est arrivé, malgré le mur, malgré la pluie qui reprend et bat le taillis et le petit bois, peut-être voit-il encore la mer et plus loin derrière la mer, à des jours et des jours de bateau, l'île et les caféières. C'est ce que nous disons, et sans doute allait-il falloir que le temps passe, et même s'il passait comme il passe d'ordinaire, il n'aurait sans doute pas fini de sitôt de penser à quoi, les yeux fermés et devant lui tous les murs du monde, il pense ce soir-là.

Alors pour oublier nous oublions, nous oublions le fils de la vieille des Lutz que nous trouvons mort dans la cabane, nous oublions que c'est lui, le fils, le dernier, et qu'elle l'a envoyé là-bas. Nous l'oublions, et ça n'est pas faute de le regarder, couché à nos pieds tout recroquevillé sur sa paillasse, ce tas de toiles peintes de fleurs et d'oiseaux d'où sortent la paille et la charpie, et le petit assis contre lui, aussi près qu'il peut l'être, c'est à peine si quand nous tirons la porte il se tourne pour nous voir partir, il reste là comme s'il n'avait pas peur de la nuit qui vient et de l'homme tout raide tout froid sur sa paillasse, aussi froid aussi raide que l'hiver qui l'a pris.

Tout ce que nous pouvons oublier nous l'oublions, et nous ignorons encore qui ils sont, mais à les voir tous les deux dans cette cabane, l'homme mort et le petit assis près de lui sans bouger ni rien dire, nous nous disons qu'il y a des histoires qui ne finissent pas. Un jour elles commencent, et ensuite personne, non plus personne n'en voit la fin. Les ombres, le vent et les odeurs portées par le vent, tout nous dit que les histoires sont là pour longtemps, pour toujours peut-être, et si nous venons à l'oublier une bourrasque, un souffle d'air mouillé des pluies qui arrivent nous rappellent que ce qui doit revenir

27

revient, comme reviennent les hivers et les brumes de novembre, tout ce qu'avec le temps nous finissons par redouter.

Nous disons qu'il nous faut aller trouver ceux du port, et leur parler de l'homme qui est mort dans sa cabane.

Du côté des terres quand nous partons nous voyons les nuages de pluie et le ciel s'obscurcir, tandis que depuis le taillis nous parviennent les derniers bruits, et la brume qui se lève comme chaque soir maintenant, pâle et froide, emportée par le vent en nuages clairs, presque irisés dans les lumières du port, au travers desquels nous entendons les appels et les cris, ceux du carénage quand ils rentrent, ou dans la nuit qui tombe un bateau portant le sel et le bois des marais, ou bien encore un de ces grands voiliers venus de très loin, avec toutes ces voix qui parlent, ces langues inconnues.

Nous marchons sans rien dire les uns derrière les autres, par le bois et les baliveaux, il nous semble que nous n'en finissons pas de marcher, de descendre à la Rivière, parfois l'un de nous se retourne et regarde par-dessus l'épaule en direction des terres, il parle de la pluie qui arrive et du froid, de la garenne qui va geler.

Aux carrières nous apercevons ceux du port, nous leur crions qu'il y a un mort dans le taillis. Que demain nous le porterons de l'autre côté derrière les frênes. Ils nous regardent et avec de grands gestes nous répondent quelque chose que nous ne comprenons pas, le vent se lève, emporte les paroles et les cris, les pousse jusqu'aux salorges avec les fumées du radoub, l'odeur des feux de bouleau sur les carènes, avec les derniers bateaux qui pénètrent dans la Rivière, qui remontent vers la Gloriette, la Petite-Hollande, à peine si dans la brume, dans la pluie qui commence nous devinons les hommes, de temps à autre un appel ou le glissement mou d'une voile, nous pensons aux bateaux qui viennent de loin, aux hommes sur les bateaux, un matin qu'il y aura du vent ils feront les manœuvres et descendront jusqu'à la mer, dans un bruit de chaînes, un long sourd craquement des bois ils quitteront le mouillage, partiront pour l'Afrique puis à l'Amérique où ils mèneront les hommes d'Afrique, ça fait des années, des siècles qu'ils partent pour Gorée, pour Juda où ils cherchent les nègres d'Afrique, qu'ils les conduisent à l'Amérique.

Ils partent pour l'Inde et pour la Chine, pour l'une ou l'autre des sept Mers, ils partent pour le monde, des mois des années, et au retour ils ne sont plus les mêmes, c'est ce qu'ils disent quand ils reviennent, qu'ils ne sont plus les mêmes et qu'ils ne feront plus jamais voile, que les voyages sur la mer ne sont que malheur. Sans les voir nous savons qu'ils sont là, dans la nuit dans la brume qu'il y a sur la Rivière, les bateaux et les hommes qui au milieu des mers crient après le vent, et le soir dans les tavernes se souviennent des yeux rouges de la dorade et de l'or vert de sa peau. Ils reviennent de si loin qu'un jour ils ne sont plus les mêmes, à force n'ayant plus idée de rien, ni des jours ni des nuits, ni du temps qui passe, alors ils racontent ces histoires que l'on répète sur le port, eux et les autres qui descendent le fleuve avec le bois des montagnes, le soir dans les tavernes ils racontent ces histoires qu'on ne peut oublier, où le plus ordinaire devient le plus étrange, et le plus étrange l'ordinaire. Tout le temps que nous avons de mémoire nous y pensons, il y en a qui oublient père et mère mais se souviennent encore de ces histoires-là.

À la vérité nous n'avons plus même besoin qu'on nous les raconte pour les entendre, il suffit de nous taire et regarder la nuit arriver, le noir profond des peurs et des sommeils, l'interminable nuit de nos vies. C'est cela que nous craignons, nous ne craignons ni de vivre ni de mourir, ni même le malheur quand il vient, mais de penser aux histoires qu'ils racontent où le plus ordinaire devient le plus étrange, et alors qui peut dire ce qu'il va advenir de nous, qui peut dire qui nous sommes et où nous allons.

2

D'où le petit venait nous l'ignorions, et comment il avait trouvé le chemin, il avait dû demander ceux des fermes et si par hasard la vieille des Lutz était encore par ici, ils avaient montré le bout de toit par-dessus les baliveaux, la fumée dans le ciel, et quand il avait passé les mares elle l'avait vu, elle avait dit qu'il venait, sans se retourner à voix basse elle avait dit que quelqu'un, un enfant, venait par les mares et la jachère.

Et nous avions pensé que ça ne pouvait être qu'un soir comme celui-ci quand la neige tombait, et que plus rien ne semblait devoir l'arrêter ni reprendre vie du monde autour de vous, ou quand au matin le jour n'arrivait pas à se faire, ni rien de ce qu'il fallait pour faire un jour. Oui ces jours ces soirs où les choses arrivaient, ne pouvaient qu'arriver, et on se disait que c'en était fini de l'attente, de cette inquiétude qu'on avait à voir couler le temps.

Quand la neige s'était mise à tomber elle s'était levée sur ses cannes et elle était venue à la fenêtre, elle avait parlé de la neige qui reprenait, et elle était restée là à regarder dehors comme si elle attendait, comme si elle n'avait pu faire autrement que regarder par son carreau la neige et le ciel gris et tout l'hiver qu'il y avait. Elle était restée là jusqu'à tant qu'elle le vît. Jusqu'à tant que depuis le taillis elle l'aperçût qui venait par ici, dans ses vieilles laines, cet amas d'étoffes et de nippes qui lui servaient d'habits, gris comme le ciel, comme le taillis d'où il sortait.

Et quand il avait passé la barrière elle avait encore dit que c'était un enfant de là-bas, et qu'il devait porter des nouvelles du fils, c'est ce qu'elle avait dit, et alors il avait été devant elle dans le jour de la porte, aussi frêle aussi gris que la fois d'avant quand nous avions fait le trou dans la falaise, et il n'y avait pas eu besoin de se demander pourquoi il venait, pourquoi il se tenait là sans rien dire près de la porte, non il n'y avait pas eu besoin de se demander, dans le contre-jour, la pâle lumière grise, et c'était le même ciel et la même neige, la même triste fin de jour.

C'est à peine s'il levait les yeux, à peine même s'il faisait un pas vers elle, comme s'il avait craint d'avancer ou simplement de bouger, ou comme si de se tenir près de la porte suffisait et qu'il n'y eût plus besoin de rien d'autre. Sans bouger ni rien dire, devant elle qui le regardait comme elle n'avait jamais regardé personne, puis, l'un après l'autre comme si elle ne les avait jamais vus, ne les avait même jamais regardés, la table et le carreau de la fenêtre et la porte par où il était entré, et chacun de nous qui nous tenions là autour d'elle, qui passions le soir faire son bois et demander comment ça allait. Appuyée sur ses cannes et plus tard à la table vers laquelle peu à peu elle glissait, sans paraître bouger ni déplacer l'air autour d'elle, ne posant pas de question, ne pensant à rien demander encore, ne faisant que le regarder lui l'enfant, le petit mulâtre, comme personne jamais n'avait regardé personne, et on aurait dit qu'ils n'avaient jamais fait que ça tous les deux, lui de se tenir près de la porte sans bouger ni rien dire et elle de le regarder comme elle faisait. Là dans la petite maison, la masure du bout du coteau où dans le peu qui restait de jour brillait encore une flamme levée des braises, et quand il se tournait vers nous, très clairs dans le visage brun, pâles comme une nacre, les yeux qui luisaient doucement dans la pénombre.

Nous nous demandions combien de temps il allait rester comme ça sans bouger ni rien dire, et s'il était venu pour se mettre devant elle et se taire de la sorte, comme dans la cabane quand il contemplait son mur et tout ce que derrière le mur il y avait de taillis, d'océans et de savanes, ne se tournant pas même pour nous voir partir, restant comme s'il n'avait eu peur de rien, de la nuit qui tombait ou de l'homme tout froid tout raide sur sa paillasse. Oui comme là-haut dans la cabane et sans plus bouger qu'elle, avancer d'un pas ou même la regarder.

Et il fallait croire qu'elle n'avait et n'aurait plus jamais besoin de rien d'autre si ce n'est qu'il se tînt là devant elle, lui qu'elle n'avait jamais vu, dont elle n'avait même jamais entendu parler, il fallait croire qu'il y avait des jours, des soirs où il n'y avait besoin de rien voir ni rien dire, des jours des soirs où les choses arrivaient, et on comprenait qu'elles arrivaient. On restait sans bouger et on regardait autour de soi, on cherchait si d'avant il demeurait quelque chose, tout ce qui la veille encore se trouvait là, paisible et ordonné, sans souffrance, et à quoi on était si bien habitué.

Elle n'avait besoin de rien demander, ni pourquoi il était venu, et ce qu'il faisait comme ça devant elle sans bouger ni rien dire, ni même pourquoi la neige tombait comme elle tombait ce soir-là.

Elle n'avait besoin de rien, pas même que plus tard il se tournât vers la fenêtre et lui montrât ce qu'alors il montrait, derrière la maison, derrière le mur cet endroit qu'elle ne pouvait voir et qu'elle n'avait jamais vu, dont elle ignorait jusqu'à l'existence. Tout ce qu'elle connaissait par ici c'était le chemin des mares et l'arpent qu'il y avait derrière, où un jour on l'avait amenée, et au bout de l'arpent la masure où les uns après les autres on lui avait fait les fils, c'est ce que nous pensions, les chemins ça n'était pas pour elle, ça ne l'avait jamais été, ni ceux qui passaient la falaise ni les autres qui allaient vers la mer. Il montrait le bois et dans le bois la clairière qu'elle n'avait jamais vue et la cabane qu'elle ignorait tout autant, et c'est à peine si elle comprenait les mots qu'il disait à présent, le peu qu'il murmurait, chuchotait, dans un souffle si précaire, si fragile, qu'on aurait dit qu'il allait se briser sur-le-champ, comme lui-même d'où montait ce murmure, la voix qui ne pouvait se faire. Elle ne voyait ni n'entendait rien de ce qu'il disait, mais elle savait bien pourquoi il venait, ce qu'avec ces mots étranges et cette voix qui murmurait qui chuchotait il venait dire à propos des taillis, des clairières et des cabanes dans les clairières, et de tout ce que par là il y avait de porches et d'allées et de fils qui mouraient sur des paillasses. Oui ce que le petit faisait devant elle dans ses vieilles laines et cet amas de linges, gris comme le ciel, comme la nuit qui venait et tout ce froid, elle le savait. Elle avait toujours su. Elle avait toujours su qu'il y aurait un moment comme ça où l'on viendrait lui parler du fils le dernier, où on lui dirait ce qui s'était passé avec ce garçon-là.

Elle nous regardait chacun de nous, Andrès, Ange Berthomé, et Petit-Jean des Vignelles, puis au-dehors ce qu'il continuait de montrer, de la main du bras qu'il tendait, le bois et le taillis du bois et au beau milieu la clairière qu'elle ne pouvait voir qu'elle n'avait jamais vue, la cabane où le fils était mort et c'était lui l'enfant, le petit mulâtre, qui l'avait veillé, tout un jour et toute une nuit, qui l'avait gardé comme on garde ce qui vous a été remis et dont on a le souci.

Le peu qu'il parlait elle comprenait, elle ne comprenait que cela, c'est ce que nous nous disions. Elle comprenait, et alors elle allait s'asseoir dans le coin des fagots. Tout ce qu'elle faisait c'était d'aller s'asseoir dans le coin des fagots, entre la table et le feu où l'ombre et le soir se mettaient, et le peu qui restait de chaleur, elle s'asseyait là sur son tas de bois ne regardant plus rien ni personne, et encore un peu de temps passait, nous entendions les chevaux qui rentraient et comme chaque soir la hulotte du côté des granges. Nous ne savions combien de temps passait, combien de temps elle restait là dans le coin des fagots sans bouger ni rien dire, ne regardant rien ni personne que le feu qui crépitait doucement, et plus tard quand la porte s'ouvrit et battit dans le vent le morceau de cour par où s'engouffrait le froid, couleur de terre couleur de ciel on ne pouvait savoir, le coup de vent, la bourrasque dans laquelle un instant la neige avait volé.

Nous entendons le dernier attelage quand il sort du taillis et plus loin les chiens qui aboient, puis c'est le silence, le feu qui s'éteint doucement. Alors nous pensons que ça fait un bout de temps qu'elle est assise à se taire sur ses fagots, un vrai bout de temps, sans contredit plus de jours de mois d'années que nous n'en pouvons compter. Là dans ce coin du feu où le soir elle s'assied, où nous nous disons qu'elle attend. Où quand il part, lui le dernier des garçons, elle se met.

Oui quand il part. Quand elle a cette idée qu'il s'en aille, lui le fils, le dernier. Cette idée qui lui vient un jour, nous ne savons comment ni pourquoi et dont, comme si elle ne faisait plus qu'y penser, elle l'entretient, soir après soir et le temps qu'il faut, le temps qu'il l'entende et qu'il s'y fasse, et comprenne que c'est bien cela qu'elle dit. Et ici aux fermes chacun se demande pourquoi, et ce que c'est que cette idée qu'elle a maintenant. Cette idée que le dernier fils pourrait s'en aller, chercher là-bas ces terres dont on parlait.

Les terres de là-bas on en parle encore, c'est ce qu'elle dit, il y a encore dans ce pays-là des terres qui n'appartiennent à personne et qu'on vous donne pour peu que vous les défrichiez et les plantiez, là-bas dit-elle il suffit de défricher et de planter pour qu'un jour les terres vous appartiennent, les plaines, les collines les montagnes entières.

C'est ce qu'elle dit, soir après soir. Un soir elle en parle, puis un autre et un autre encore, comme elle aurait parlé d'autre chose, comme le soir on parle devant le feu, on s'entretient du temps qui passe, finissant par le convaincre, le convainquant, et plus sûrement que si elle lui en eût donné l'ordre, de partir pour cette île dont jusqu'au bout il redouterait les chaleurs et les tempêtes et la terre qui n'en finissait pas de trembler.

Et c'est à peine si la première fois il remarque. Si quand elle commence il se doute de rien. Il se tourne vers elle et il continue d'écorcer ses châtaignes ou tailler son bois, plus tard il regarde par la fenêtre, il voit la nuit prendre par le bas du coteau, la nuit gagner le ciel, claire, brillante au-dessus des frênes et du petit arpent. Il se souvient de la nuit qui tombe brillante au-dessus des frênes, et de la mère qui cause près de son feu tandis qu'elle épluche les soupes ou met le lait à cailler.

Il se souvient et il raconte, les soirs entiers où elle l'entretient de ça, cette sorte d'idée qu'elle a maintenant. Il raconte, c'est même la seule chose qu'il ait jamais racontée, de cette façon qu'il avait, à voix basse et sourde, et si brièvement qu'il en avait bientôt fini avec ce qu'il avait à dire et s'en retournait d'où il venait. C'était le soir en sortant du champ, ou les dimanches de beau temps quand il prenait par les mares pour passer le coteau, il descendait à la Rivière ou bien il allait du côté de la mer, depuis les cours nous le voyions arriver, nous causions. Il disait comment elle s'était mise à parler de ça. Cette idée que la mère avait à présent. Des soirs entiers. Ce soir-là, puis le lendemain et les soirs d'après. Sans qu'il sût jamais ce qu'était le lendemain, ni le moment où elle commencerait ou cesserait d'en parler. Elle revenait de traire la vache ou de biner le carré de légumes, ou bien du champ où elle faucillait la luzerne. Il ne pouvait oublier ni la nuit qui tombait, ni la mère dans ses jupes et ses tabliers gris, ses châles de vieux chanvre, elle rassemblait les braises et faisait chauffer la soupe, puis un mot après l'autre, lentement, elle se mettait à parler, elle parlait du temps qu'il faisait, de la journée qu'ils avaient eue, toutes ces choses qu'on dit le soir quand on a fini l'ouvrage, qu'on vient prendre un peu de repos. Elle parlait d'une chose et puis d'une autre, et elle en venait à l'idée qu'elle avait, ces terres qu'on trouvait et qu'on vous donnait pour peu que vous les défrichiez et les plantiez, de café, de canne et de tabac et de tout ce que dans ces pays-là il y avait à planter sous le soleil et les pluies si tièdes et douces que c'en était un bonheur.

Les terres de là-bas on en parlait encore, c'est ce qu'elle disait. Soir après soir et comme si elle savait, comme si elle n'avait jamais su que cela. Les hommes qui venaient trouver les capitaines et s'inscrivaient sur les listes, partaient transformer en caféières et champs de canne les îles sauvages, ils partaient c'est ce qu'elle disait, ils prenaient les bateaux et un jour après des mois et des semaines à ne rien voir que le ciel et l'eau et parfois au loin un autre bateau, ils apercevaient les îles qui brillaient dans le soleil et les collines très vertes, les rivages et les maisons qui approchaient tandis que les voiles mollissaient, claires, très claires dans le matin, puis les ormeaux sur les places et les grandes églises jaunes, et plus loin encore sur toute une longueur de collines le vent dans les arbres. Des soirs et des soirs comme si elle les voyait, et lui à son tour, les îles et les collines qui brillaient dans le soleil, toutes les plaines et les collines sous le ciel bleu, puis les hommes qui sautaient dans les chaloupes, qui disaient qui criaient qu'ils étaient à l'Amérique.

La nuit tombait, par la fenêtre il voyait la nuit tomber sur le coteau, et elle la mère qui parlait, penchée sur la bassine, le chaudron, il voyait le dos, la nuque penchée. Ou bien elle allait et venait autour de la table, autour de lui qui écorçait les châtaignes ou taillait l'osier, avec ses phrases toujours les mêmes, comme si elle eût prononcé une prière, une litanie, ou encore une plainte qu'on a parfois, et à quoi rien ne fait, si bien que le temps que ça avait duré il n'avait jamais su, combien de soirs, de fins du jour il était resté là à l'entendre. Ni même quand l'idée lui était venue, si forte qu'elle ne put s'empêcher de la dire. L'idée qu'elle disait, chaque soir que Dieu fait et qu'ils étaient là l'un devant l'autre, à la table où elle préparait les soupers. Soir après soir, même quand elle se taisait, quand elle n'avait plus besoin de rien dire pour qu'il comprît, elle parlait puis se taisait, il la regardait se taire, et le dos, la nuque penchée, cette façon qu'elle avait soudain de ne rien dire, et il racontait que c'était comme s'il l'entendait encore, tout le temps qu'elle se taisait il l'entendait, il ne faisait, disait-il, que l'entendre, les paroles les silences et les dos tournés tout ça se mêlait, ne formait plus qu'une seule et même interminable phrase qui parlait des terres qu'il y avait là-bas, qu'on défrichait et qu'on plantait, après quoi elles vous appartenaient et vous en étiez les maîtres, oui, les plaines les collines et jusqu'aux montagnes mêmes, il l'entendait, il n'en finissait pas de l'entendre, les hommes prenaient les bateaux et partaient chercher les terres, un jour à force de défricher et de planter ils possédaient les montagnes les plaines entières, quand ils mouraient ils léguaient les plaines et les montagnes à leurs enfants, ainsi que les grandes maisons devant la mer.

3

Et que ce fût ou non l'automne il n'avait jamais su dire, il ne s'était jamais souvenu que du jour gris, du ciel moite et lourd et de l'odeur douce, enivrante, d'herbes qu'on brûlait sur le talus. D'elle qui l'avait regardé s'éloigner par la jachère et le chemin creux, qui était restée là debout tout le temps qu'elle le voyait.

Aux quatre-chemins il s'était retourné et l'avait saluée une dernière fois, et alors elle n'avait plus rien vu qu'entre les buissons et les fourrés, de plus en plus pâle, de plus en plus lointain et vacillant dans le jour gris, le bonnet de laine, grise ou brune on ne savait, comme le ciel entre les fourrés, entre les arbres et les champs d'automne, elle était restée un moment, elle s'était dit qu'après les toits en bas du chemin elle le verrait réapparaître, mais elle n'avait plus rien vu et elle était rentrée parlant de la brume et du ciel bas, de cette couleur en bas du ciel dont on ignorait si elle était le ciel ou la terre, on ne savait plus rien, puis doucement elle avait pleuré, elle avait dit que c'était la fatigue et peut-être le ciel qu'ils avaient ces temps-ci, des ciels comme celui-là il valait mieux ne pas en avoir, parfois il valait mieux ne pas avoir de ciel du tout et être dans le fond d'un trou avec un couvercle sur la tête.

Et quand depuis les fermes nous l'avions vu passer avec le rouleau de ses hardes, nous nous étions dit qu'à l'heure qu'il était il avait à faire du côté du port, qu'il avait trouvé de l'ouvrage par là, ou bien qu'il allait prendre un des bateaux qui descendaient la Rivière, c'est ce que nous nous étions dit, qu'il avait trouvé de l'ouvrage dans un bourg ou l'autre de la Rivière. Il était parti comme on part à deux ou trois milles de là, sans rien dire à personne, à peine si aux quatre-chemins il s'était retourné pour un dernier regard, un dernier salut, si bref si mesuré qu'on aurait pu croire qu'il n'avait pas même tourné la tête, ni ne s'était arrêté pour la voir encore une fois sur son bout de sentier avec son mouchoir au bout du bras, et toutes ses jupes que le vent roulait autour d'elle.

Il était parti. Il avait bien fallu qu'il partît, qu'il fît, lui qui ne pouvait pas même tenir debout sur un bateau, ce voyage si long que les hommes en venaient à oublier pourquoi ils le faisaient, pourquoi ils quittaient tout et s'en allaient si loin. Quand ils ne mouraient pas des chaleurs et des fièvres dans la puanteur des soutes et des entreponts, les fientes et les cris d'animaux, les chats les cochons et les poules que la mer rendait folles, oui quand ils ne mouraient pas sur ces bateaux, et alors on les jetait par-dessus bord en même temps que le maïs, l'orge et l'eau croupie dans ses bailles, comme les filles les femmes qui étaient du voyage, ramassées dans les rues et les salles des hospices et qu'on embarquait pour leur faire compagnie, pour être près d'eux là-bas sur la terre des concessions, leur donner tous les plaisirs et toutes les joies, et tous les enfants qu'il faudrait pour hériter des plaines et des montagnes. Ceux des bateaux racontaient, ils disaient que ça n'était pas le bonheur qu'ils allaient chercher, ni la douceur des ciels bleus, pas plus qu'eux qui tombaient de fatigue du haut des mâtures, et souffraient de tous les maux quand le vent les lâchait au milieu des océans.

À force il s'en va, il finit par monter sur un bateau qui part pour l'Amérique, l'*Aimable-Thérèse*, le *Superbe* ou la *Tendre-Mère*, l'un de ces bateaux qu'il y avait sur la Rivière, où on les prenait avec tout ce qu'ils avaient de biens, le quart de lard et le rouleau de hardes, et alors ils n'en finissaient pas de traverser les mers et d'attendre le vent, il monte sur le bateau et il s'en va, et à peine là dans la fièvre des tempêtes et bientôt toutes ces chaleurs qui s'abattent sur eux, il entreprend de lui écrire. Il commence des lettres où il l'entretient des chaleurs, des tempêtes et de toutes les fièvres qu'il y a sur ces bateaux, de ceux qui meurent et qu'on jette aux vagues dans un sac avec un peu de terre, il parle de la terre qu'emportent les marins, comme ils emportent la viande salée, la farine et la truie pleine, et comment lorsque le vent tombe les hommes se mettent à prier, ils prient tous, Dieu et saint Nicolas et le soir à cinq heures au milieu des cris des bœufs des poules et des cochons, ils récitent les litanies de tous les saints. Dans la fournaise des cales et des entreponts il écrit que rien n'est pire que ces voyages-là. Il dit l'épreuve du voyage, et comment après des jours à ne voir que le ciel et l'eau, ils voient au loin passer un autre bateau, et ils viennent sur les coursives et ils appellent, et on leur dit que c'est un bateau qui emmène les nègres à l'Amérique. Ils regardent, ils restent sur les ponts, ils cherchent à voir les nègres des bateaux.

Il part sur cette île dont il ne supportera pas plus les chaleurs qu'il n'a supporté le voyage, ces plaines et ces savanes où le soleil brûle tout ce qu'il a à brûler de récoltes, d'hommes et de bêtes, et alors l'ombre bientôt il la cherche, il la cherchera aussi longtemps qu'il traversera les plaines, plus rien ne sera comme ici quand au plus fort des étés il gagnait la fraîcheur des chemins creux et on ne le voyait plus de tout le jour. Et ce ne sera rien d'en parler, de dire comme il en souffre. Il aura beau parler un temps du ciel bleu et de la mer qu'il voit partout où il va, et combien elle est bonne à regarder, et se mettre à lui écrire les lettres qu'il lui écrit, personne ici, non personne ne pourra dire qu'il a voulu ce qui arrive.

Il ne veut rien, ni du départ ni de l'interminable voyage, ni arrivé là-bas de marcher comme il marche pour trouver les terres, il ne veut rien de tout ça, pas même les terres qu'il trouve, tous les mois, les années où il marche pour les trouver, où il les trouve puis il les perd et à ce moment-là il les cherche à nouveau, chaque fois il dit qu'il les cherche, et sans doute le fait-il, sans doute a-t-il le temps d'apprendre à marcher et à chercher les terres, à gravir les mornes d'où l'on voit la plus grande étendue de mer et décider que là-haut il bâtira sa maison.

Il marche, il parcourt tout ce qu'il y a à parcourir d'île, de mornes et de ravines, de plaines brûlées par le soleil, du nord au sud et du sud au nord et de la mer jusqu'aux montagnes de la frontière. Plusieurs fois dans un sens et plusieurs fois dans un autre. Jusqu'à ce qu'il n'ait plus à marcher ni chercher quoi que ce fût, ni plus rien à défricher et planter, jusqu'à ce qu'il ait à faire ce qu'on lui demande, et alors il le fera tant et si bien qu'il n'aura plus besoin de rien d'autre.

Le vent tombait, depuis le bois quand nous sommes remontés nous avons entendu les chevaux qui rentraient, et plus loin par-dessus les mares le vol lourd, bruyant, d'une bande d'étourneaux. La nuit était là, il n'y avait plus que les lumières du port, jaunes dans le noir du fleuve, la nuit profonde, épaisse, dont on ne savait si elle venait des eaux ou bien du ciel, du froid de décembre, autour des fanaux brillait une brume pâle, doucement irisée, nous avons regardé la brume pâle irisée, presque brillante autour des fanaux et nous avons dit que le froid revenait, que nous n'avions pas le souvenir d'un froid pareil sur la Rivière. Que demain la terre aurait gelé, là-bas derrière les frênes où nous le porterions. Nous avons hâté le pas et continué vers les fermes, et malgré la marche, malgré le coteau que nous prenions à pas vifs le froid tombait sur nous, tout le brouillard qui montait de la Rivière, et quand nous sommes arrivés aux jachères c'est à peine si nous avons aperçu le chemin creux, et plus bas la lumière chez la vieille.

Nous passions comme chaque soir et comme chaque soir elle nous attendait, et ça faisait un bout de temps que nous passions et qu'elle nous attendait, un bout de temps qu'elle ne pouvait plus fendre son bois ni tirer l'eau du puits. Elle pouvait bien faire l'étonnée quand nous cognions à la porte, à cette heure-là elle attendait, dans un coin ou un autre près du feu ou au carreau de sa fenêtre, guettant sur le chemin et si du côté des granges les chiens n'aboyaient pas, et nous disions que ce n'était pas nous qu'elle attendait comme ça. Que jamais personne n'avait attendu comme ça qu'on vienne vous tirer le seau du puits ou fendre le bois pour le feu du matin. Nous avons vu l'ombre dans la lumière de la chandelle, contre la fenêtre la vague et frêle, imperceptible silhouette qui bientôt s'écartait, gagnait à petits pas le bord du feu.

Nous sommes entrés, nous avons parlé du froid et de l'homme qui était mort dans le taillis, de la cabane dans la clairière, et elle a demandé de quel taillis nous parlions et de quelle clairière, et qui donc était cet homme-là. Et nous nous sommes dit qu'elle n'avait jamais vu le taillis ni la clairière ni rien de ce qu'il y avait de ce côté, qu'elle n'était jamais allée plus loin que le champ où elle coupait sa luzerne, et près du puits le carré de raves et de choux que l'hiver nous tournions pour elle. Si ce n'est les étés où le champ donnait tout son grain, alors elle prenait par le talus et gagnait la ville, les premières rues et les premières échoppes, elle cherchait le morceau de drap ou de laine pour vêtir les fils ou la toile pour la courtine et cela fait elle revenait, elle reprenait le chemin des fermes, ce hameau derrière les mares où l'on ne voyait jamais personne que ceux qui naissaient qui mouraient là, qui tournaient et retournaient leurs raies de terre et semaient le seigle et l'ajonc, et quand le moment venait se couchaient et se reposaient une bonne fois de toutes leurs fatigues.

Elle a parlé du bois et de la clairière, et des hivers comme on n'en avait jamais vu, allant et venant de la table au feu et du feu au carreau de la fenêtre, dans ses jupes et ses tabliers, et tous les châles qui lui prenaient la tête et les épaules, elle nous regardait puis se détournait, on ne voyait plus que le dos, le bas des jupes contre les sabots, les laines qui entouraient les chevilles. Elle parlait de l'hiver et de ceux qui mouraient dans les cabanes, elle disait que c'était bien du malheur puis elle se taisait, nous regardant, et parfois à la dérobée, et pour finir elle allait s'asseoir dans le coin des fagots et restait là sans bouger ni rien dire, comme font les vieilles et sans même paraître vous voir.

Nous nous étions dit que ce n'était pas une nouvelle à raconter à une vieille comme celle-là, qu'il y avait à propos des hommes que le froid prenait dans les taillis des choses qu'il valait mieux ne pas raconter, ni à cette vieille-là ni aux autres qui attendaient près de leur feu que les jours passent. Nous avons pensé aux vieilles et aux choses à ne pas raconter. Nous y pensons encore quand nous repartons, quand il n'y a plus que le bruit de nos pas sur la terre froide, la nuit très noire très froide sans arbres ni ciel, à peine l'ombre de nos lanternes, et aux mares les chiens quand ils aboient. Nous marchons sans rien dire jusqu'aux arbres du chemin, puis nous parlons du ciel bas et de la neige qui vient, nous disons que demain ça pourrait bien être de la neige que nous aurons pour porter l'homme en terre.

Oui nous oublions, nous continuons d'oublier, tandis que nous passons les mares et que les chiens aboient. Nous allons voir la vieille, nous montons le seau du puits, nous faisons son bois mais nous ne pensons à rien de ce qu'il faut penser. Nous pensons seulement à ce qui recommence depuis que le monde est monde, les hommes et les enfants qui se taisent, qui marchent sur les coteaux avec leurs planches sur le dos et vont droit devant sans rien voir ni regarder, et qui lorsque rien ne va plus s'asseyent et regardent les murs et tout ce qu'il y a derrière les murs. Nous oublions ce qu'il y a à oublier. L'Amérique où il part lui le fils le dernier, et les terres qu'il y a là-bas. L'idée même des terres, des morceaux de plaines et de collines qu'on donne à ceux qui défrichent et qui plantent, et après tout ce temps, quand il revient mourir dans le taillis du bois. Tout près d'ici tout près de chez elle, et il ne dit rien à personne et personne ne le reconnaît.

Nous oublions tous les souvenirs et l'histoire qui vient, car elle vient, comme viennent les histoires. Comme viennent, sournoises, insoupçonnées, toutes ces choses que nous voudrions ignorer. Ce que dans la tristesse des jours et des nuits nous n'en finissons pas de découvrir. Avec la peur, et parfois cette pitié dont nous nous prenons les uns pour les autres. Pour nous-mêmes qui n'avons rien voulu de ce qui nous arrive.

4

Alors elle attend, et ce qu'elle commence d'attendre, personne n'en a l'idée. Pas même elle qui pour la première fois attend, qui n'a jamais rien eu à attendre, ni personne. À peine a-t-il descendu le coteau pour gagner la Rivière qu'elle commence d'attendre et de compter les jours comme plus tard elle entreprend de compter les années, de la façon qu'elle compte et où mieux que quiconque elle se retrouve, avec ses traits à la suie sur la cheminée ou les fleurs qu'elle coud au coton rouge sur le rideau du lit. Guettant ce qu'elle-même ignore et qui depuis toujours nous habite et bouge en nous doucement, mal, peur ou chagrin, l'une de ces longues incessantes pensées, sans fin ni commencement, ni rien qui pût porter un peu de paix. Elle commence d'attendre, elle guette, comme si à attendre et guetter et compter les jours, elle avait à sa manière, et par une mesure connue d'elle seule, prolongé le temps ainsi qu'il devait l'être, commençant, d'un de ces gestes qu'elle savait, à filer le lien invisible qui par-delà les années ferait se confondre le moment où il part et celui où il revient mourir dans son taillis. Oui guettant comme elle eût guetté l'invisible, ce qui ne se voit ni ne s'entend, et arrive sans qu'on le sache.

Et ça n'était pas pour le voir réapparaître au bout du chemin creux ou de derrière les baliveaux, pour un de ces répits, une de ces rémissions, où par une grâce soudaine le temps parfois s'arrête. Ce n'était pas même pour ces lettres qu'il se mettait à lui faire, puis semaine après semaine et sans jamais faillir lui envoyer, où il racontait ses journées à chercher et sa marche à travers le pays, et dont elle prit l'habitude autant que lui qui les écrivait, le soir sur les habitations et les hangars à l'abri desquels il passait la nuit. C'était pour savoir, et qu'on lui dît ce qu'il en était de ce fils-là, le dernier, qui avait dû partir si loin et à propos de qui elle se faisait du souci, c'était pour savoir une bonne fois, après quoi il n'y aurait plus besoin de rien ni de savoir ni d'attendre, et moins encore d'espérer.

Un temps il parle du ciel bleu et de la douceur des vents, des collines très vertes. Il en parle bien un temps, et de ce que ce pays-là semble avoir de plaisant. Mais bientôt ce n'est plus de ça qu'il s'agit, il ne s'agit plus de brises très douces qu'il y a au bord de la mer et de collines d'orangers, de champs de canne brillants dans le soleil. Bientôt il s'agit de la chaleur qui va grandissant, de saisons sèches et de carêmes brûlant les plaines et tout ce qu'il s'y trouve d'hommes de bêtes et de récoltes. De tout ce que là-bas il faut marcher pour trouver les terres.

Car il marche, il ne fait que marcher. De la mer aux montagnes et des montagnes à la mer, et du port du Nord au port du Sud, dans un sens puis dans un autre il traverse le pays, et quand il arrive il repart, il dit que ce pays-là est plus grand qu'on ne pourrait penser, qu'un pays comme ça il faut du temps pour le parcourir, avec ses plaines brûlantes ses collines et les montagnes où il pleut, il ne cesse de pleuvoir. Il le parcourt et marche tout ce qu'il sait, c'est ce qu'il dit, il dit ce que c'est que marcher sitôt qu'on se trouve dans la plaine, il parle de la plaine et de la chaleur qu'il y fait, et combien on y souffre. Il parle des chaleurs dont on souffre, et des pluies qui s'abattent en tempêtes sur les collines, de la terre quand elle tremble. Mais il n'oublie rien de ce qu'il est venu chercher, il l'en assure, il l'assure qu'il cherche comme il convient ce qu'il est parti chercher, ainsi que du dévouement et du respect qu'il ne manque pas, ne manquera jamais de lui porter. Il signe son fils très dévoué, Jean-Marie S.

Pour marcher il marche, et là-bas il n'est pas le seul. Des marcheurs, de ceux qui parcouraient les plaines et les collines à la recherche des concessions, des terres qui n'appartenaient à personne, il y en avait encore, et plus d'un. Ceux des bateaux racontaient.

Depuis le temps qu'ils les emmenaient, qu'ils les voyaient à peine descendus des chaloupes prendre le chemin des plaines, demandant où étaient les terres qu'on donnait à ceux qui défrichaient et qui plantaient. On leur montrait les plaines et plus loin derrière les plaines les collines avec les savanes et les futaies, les pentes douces, les bois n'appartenant à personne. Tandis qu'ils chargeaient les bêtes ils regardaient la mer et les herbes doucement ployées dans le vent qui venait de la mer, puis ayant remercié et sans attendre davantage ils traversaient ce qui restait de plaine avant les collines. Ils marchaient depuis la mer jusqu'aux premières collines, jusqu'aux mornes où étaient les bois, et passaient les ravines avec les mules négociées au port, le bœuf séché et la morue qu'ils avaient le soir même entassés sur les bâts, ils marchaient tout ce qu'il y avait de plaines, voyaient les champs de canne briller dans le dernier soleil, dans le vent de la mer. Parfois ils traversaient d'autres plaines avant les collines, on leur disait que par là il y avait encore des terres, que s'il n'en restait plus ils n'auraient qu'à demander le chemin des montagnes. Quand le sol se dérobait ils s'arrêtaient à l'ombre d'un arbre, ils disaient qu'ils n'avaient jamais autant marché sous le soleil, d'un coup la nuit tombait, sans plus rien dire ils s'endormaient au pied des arbres sur les palmes et les herbes sèches.

Ainsi avançaient-ils traversant l'île du nord au sud et d'ouest en est, marchant et marchant ils ne savaient combien de temps loin des grandes chaleurs et des plaines brûlantes, marchant jusqu'aux montagnes jusqu'aux pluies qu'il y avait là-haut, on leur disait que c'était l'hivernage et les pluies pour les récoltes, ils marchaient sous la pluie, sous la toile des sacs, jusqu'à la nuit où ils cherchaient un coin de savane, d'herbe sèche pour les feux du soir. Et si loin parfois qu'ils se perdaient, plus rien n'avait de nom, ni mornes ni ravines ni quatre-chemins, ils disaient qu'ils ne savaient plus où ils étaient, qu'ils ne le sauraient jamais plus. En bas ils voyaient la mer, entre les pluies elle brillait dans le soleil, ils disaient qu'ils voyaient la mer, les scintillements de la mer très bleue, et combien ils y trouvaient du contentement. Que c'était là qu'ils bâtiraient leur maison, là où de si loin de si haut ils voyaient la mer.

Il marche, il ne sait que marcher, il note qu'il marche plus qu'il n'a jamais marché, qu'il ne sait lui-même combien de temps il marche, allant et revenant, ni combien de fois à force il s'égare. Tout se ressemble, collines, savanes à mulets et grandes églises jaunes derrière les ormes. Il marque ce qu'il passe de bourgs, de ravines et de quatre-chemins, les quartiers qui divisent le pays et dans les quartiers les bourgs où il se loue, réparant les barrières ou abattant le bois de teinture ou autre chose qu'on lui demande pour gagner son souper. Il marque les noms et quand rien n'a de nom il fait une sorte de dessin, il figure sur le papier où commence et finit le bois, et où se trouve le pont sur la ravine, et s'il n'y a pas de pont l'arbre-rouge ou le manguier qu'on a planté devant le gué. Il parle des ravines et des pluies qui noient ce qu'il y a à noyer de ponts, de gués et de mulets qui tombent dans les falaises. Nous disons qu'il ne fait que marcher, c'est ce que nous disons, et le temps on l'ignore, on ne sait le temps qu'il marche, quand nous y pensons nous le voyons marcher là-bas, nous disons qu'il marche comme s'il n'y avait plus que ça qu'il savait faire, ou comme si marcher suffisait, mais ce qu'il marche personne ne peut le dire, personne ne le sait, pas même lui.

Il écrit des lettres, avec les noms de là-bas, les bourgs les mornes et les ravines qu'il y a à franchir, et là où se trouve le pont sur la ravine ou l'arbre devant le gué. À la Croix-des-Bouquets il note les cascades dans la rivière et les grands palmiers, les bœufs sauvages et les petites pluies qui cachent la vue du ciel, douze lieues de la Croix-des-Bouquets à Mirebalais, et de là quatorze autres jusqu'à Verrettes et vingt-trois jusqu'à Saint-Marc, neuf jusqu'à Grand-Boucan, jusqu'au Morne-des-Orangers, il va au Morne-des-Orangers, de là montant et descendant, quatre lieues et demie jusqu'aux crêtes, et un quart de lieue encore jusqu'à Bon-Repos, puis à nouveau la plaine vers le port du Sud, les terres sèches où poussent les acacias, il parle des acacias et des terres blanches, des sols de poussières et de cailloux quand on va vers la mer, et de la véhémence des brises qui viennent de l'est, elles brûlent le linge sur les cordes. Des petits mornes arides de l'Arcahaye, et plus haut de la fraîcheur des Matheux et du Fond-Baptiste, des cotonniers à Saint-Marc sur le tuf. Il parle de Saint-Marc et du bal au théâtre, et de tout le monde qu'il y a là-bas pendant Carnaval. Les belles maisons avec les jardins divisés, parterres et potagers, et la mer tout en bas des collines.

Ce qu'il marche personne ne le sait pas même lui, c'est ce qu'il dit, qu'il écrit, tout le temps qu'il marche il l'écrit, et que pas un instant il ne perd de vue les raisons de sa présence là-bas, le soir dans les bourgs ou les savanes près des plantations il commence des lettres, il l'assure de son respect et de son dévouement, il lui dit tout ce qu'il marche et combien dans ce pays-là il fait chaud, il parle des chaleurs qu'il y a, et des pluies sitôt qu'on approche des montagnes.

Des lettres il en fait, et elles arrivent, il écrit autant qu'il cherche les terres, il l'informe, il n'omet pas de l'informer. Il dit qu'il écrit de Léogane, qu'il écrit de Jérémie, des Cayes et de Jacmel au bord de la mer. De Jean Rabel. À n'en plus finir il remplit les feuilles de ce mauvais papier qu'il trouve aux comptoirs des bourgs, que les pluies et les moiteurs détrempent, noyant les phrases, les mots qui sont écrits là, qui semaine après semaine disent où il est et où il va, et la peine que c'est de chercher toutes ces terres. Et quand elles arrivent c'est à peine si on peut rien en lire, alors elle dit qu'il a encore plu, que là-bas il ne fait jamais que pleuvoir. À moins que ce ne soit, dit elle, l'eau des bateaux, elle dit que ce peut être l'eau des bateaux, et les vagues et les tempêtes et ce qui là-dedans ne fait jamais que pourrir et se gâter, tout ça était si loin, était si long, oui le temps que c'était pour que les lettres arrivent, dans les sacs, dans les cales les soutes des bateaux avec l'eau croupie dans ses bailles, et l'orge ou le maïs qui fermentait, qu'ils finissaient par jeter à la mer. Les lettres il y en a toujours un par ici pour aller les chercher à la poste du bas, et plus tard un autre encore pour les lui lire, le temps qu'il faut et qu'elle pose ses questions, et quand il y a des noms qu'on les lui répète l'un après l'autre, et dans l'ordre qu'ils sont écrits. Et aussi qu'on lui dise le mois et l'année. Elle parle des mois et des années qu'elle marque en bâtons de suie sur la cheminée, au coton rouge sur la courtine.

C'est quand il fait jour, et qu'il n'y a pas besoin d'allumer la chandelle, elle se met sur le banc ou dans le coin du feu où elle épluche la soupe et elle reste là à écouter sans rien dire, cependant que l'autre, celui des fermes ou des Vignelles debout contre le carreau de la fenêtre peine à chercher dans les lavures, dans les pâleurs de l'encre détrempée, les lettres et les mots qui sont encore là, et elle veut entendre encore une fois ce qu'il vient de lire, et demande qu'il veuille bien reprendre, elle dit que ce serait bien de la bonté s'il reprenait, quelque chose qu'elle n'a pas compris, ou qu'elle a déjà oublié, ces vents qui là-bas soufflent en tempêtes emportant les murs et les toits, ou le raisin de Sauvignon qu'ils font venir sur les pentes et quand le café ne peut mûrir l'orge et l'avoine qu'ils sèment, les navets, les figues rouges. Oui ce qu'il dit du raisin et des ormes sur la place des églises, face à la mer, aux embarcadères, les embarcadères et les églises sur les places, et comment la nuit parfois c'est là qu'il dort. Des nuits là-bas et des chevaux qu'ils lâchent le soir dans les savanes, des scarabées qui volent autour des torches.

Il faut répéter les mots, et reprendre la lecture autant qu'il faut, et quand il n'y a plus rien à lire, ou qu'elle ne demande plus rien d'autre, elle dit que c'est bien de la bonté d'avoir lu pour elle, et que tout sans doute est comme il doit être, qu'il finira par trouver ce qu'il est parti chercher. Elle dit que c'est ce qu'elle espère, elle espère qu'il ne va pas tarder à trouver ce qu'il cherche, ce serait bien de la peine s'il ne trouvait pas, s'il revenait et disait qu'il n'avait pas trouvé les terres qu'il cherche. Elle pense à la peine que ça serait, c'est ce qu'elle dit, et que sûrement il trouvera, il finira bien par trouver.

Oui un temps elle doit bien y croire, elle doit croire un temps à ces terres qu'elle l'envoie chercher. Tout le temps qu'elle en parle, et qu'elle lui met cette idée-là en tête, et ensuite le temps qu'il faut pour qu'il s'en aille, pour que là-bas il entreprenne de chercher.

Et alors ce sont les années, les mois où il marche. Le temps où elle semble s'y faire, se faire à cela, qu'il marche et ne parle pas des terres, qu'il ne dit pas qu'il trouve les terres qu'il cherche. Tandis qu'ici maintenant chacun se demande, et ne sait que penser.

Nous disons que peut-être il ne s'arrêtera pas, qu'il y en avait peut-être qui ne s'arrêtaient pas, ils ne trouvaient pas les terres et ils continuaient, ils marchaient chaque jour que Dieu fait, nous pensons aux histoires qu'on raconte sur le port, nous y pensons, nous nous figurons les hommes dont elles parlent, qui nous ressemblent, qui chaque jour que Dieu fait se lèvent et peinent jusqu'au soir et le lendemain chaque lendemain recommencent, disant et faisant toujours les mêmes choses, et un jour à force de répéter les gestes les mots et tout ce qui recommence ne savent plus qui ils sont, ils ne le savent plus, ni personne autour d'eux. Nous pensions à ces histoires-là. Des histoires comme celles-là nous en avions entendu et plus d'une fois, avec tous les marins qu'il y avait par ici, qui traversaient les mers et les autres, les bateliers qui descendaient le bois des montagnes, ici sur la Rivière ce n'était pas les histoires qui manquaient.

Mais tant qu'à marcher et écrire comme il faisait, nous disions-nous, ce n'était pas la peine d'aller si loin, non ce n'était pas la peine. Si c'était ça qu'ils avaient dans l'idée elle et lui, qu'il marche chaque jour que Dieu fait et le soir lui écrive toutes les lettres qu'elle avait à recevoir, ça n'était pas la peine de prendre le bateau et de traverser les mers. Il n'avait qu'à se louer dans l'un des bourgs de la Rivière ou de l'autre côté où étaient les vignes, et s'il voulait plus loin encore vers les marais, ce n'était pas les endroits qui manquaient pour trouver de l'ouvrage. Il aurait marché tout son content pour s'y rendre et de même pour revenir, et par là-dessus, si ça leur disait à elle et à lui, il aurait fait toutes les lettres qu'il avait à faire et elle à recevoir. Oui si ce n'était que de ça, ce n'était pas la peine d'aller aussi loin, il n'avait qu'à rester par ici. Elle aurait fini par parler d'autre chose, par oublier cette histoire de terres et de concessions. Le dimanche il serait allé la voir, ils auraient parlé en buvant l'eau-de-poire qu'elle aurait portée du cellier, puis il serait reparti avec les chausses, la culotte et la chemise propres et ravaudées, elle l'aurait regardé s'éloigner par le chemin creux, plus bas se retourner et saluer une fois encore avant de prendre par les mares, les semaines auraient passé, les mois, les années, et un jour plus personne n'aurait parlé de personne, ni des pauvres ni des riches, ni des terres qu'en Amérique on donnait à ceux qui n'en avaient pas.

Et c'était bien parce qu'elle attendait, et qu'elle en parlait, car nous ne savions ce qu'il fallait penser de tout ça. Nous disions qu'il n'allait peut-être pas s'arrêter, il n'allait s'arrêter ni de marcher ni de faire les lettres qui racontaient tout ce qu'il marchait. Comme d'autres là-bas qu'on devait voir sur les routes et les chemins, qui ne s'arrêtaient pas, ne s'arrê-taient plus, un jour tombaient de fatigue sur le bord des talus ou le bas-côté des églises, ou bien à l'hospice où ils venaient boire le vin chaud et dormir dans les draps, à des milles et des milles de chez eux oubliant et oubliant, les pères les mères, les voix, les odeurs, et alors personne ne savait rien ni ne connaissait la fin de leur histoire. Personne ne pouvait parler d'eux. Ils s'étaient perdus, ils se perdaient dans le monde sans fin, dans l'infinie, l'insondable touffeur des savanes et des bois verts d'une île où du port du Nord au port du Sud il n'y avait jamais eu, il n'y aurait jamais plus de dix jours de route avec les chevaux. Ils se perdaient là-bas, et personne n'en disait rien, ne pouvait rien en dire.

Comme personne jamais ne pouvait parler d'aucuns nègre dans les cales et les soutes des bateaux. Aucuns nègres sur les caféières et les champs de canne. À force ils ne faisaient plus qu'un seul et même nègre, sans nom sans visage. Sans histoire. Ainsi allait le monde.

5

Aussi quand plus tard les lettres parlèrent de cette colline d'où l'on voyait la mer, nous avons pensé que c'en était fini de l'attente et toute cette marche qu'il faisait, et que nous nous étions trompés à propos des hommes qui commençaient à marcher et ne s'arrêtaient plus, nous nous sommes dit que rien n'était si redoutable que nous le croyions, ni le monde ni cette étrangeté que nous observons parfois autour de nous et alors nous ne savons plus bien ce que nous voyons et ce que nous entendons, nous ne le savons plus. C'est ce que nous nous sommes dit, que tout cela était fini et qu'elle et lui maintenant auraient de quoi s'entretenir un bout de temps, et d'autre chose que des collines qu'il montait et descendait, des plaines que le soleil brûlait avec ce qu'il y avait à brûler d'hommes de bêtes et de récoltes, et des ravines où se mettaient les pluies et les tempêtes.

Un jour il parle de la colline et de la mer qu'il voit de là-haut, de la futaie et de la savane en pente douce loin des plaines et des grandes chaleurs. Il écrit que là-haut on était loin de tout deux jours jusqu'au port du Nord et autant jusqu'au port du Sud, et qu'il fallait aimer les pluies et les froids de décembre. Mais les terres pouvaient être bonnes. L'arpenteur était venu, il avait dit où commençaient les terres et où elles finissaient, et qu'elles pouvaient être bonnes, il avait appelé Hauteur de Ravine-Rouge le morne qui dominait la ravine rouge, et Hauteur de Grand-Bois les arbres qu'il y avait tout en haut. L'arpenteur avait arpenté tout ce qu'il y avait à arpenter et mesuré les terres, c'est ce qu'il écrit, à la suite de quoi il avait fait les papiers qu'il fallait, le rapport à l'arpenteur général, et le rapport au gouverneur et certifié que les terres arpentées du 31e jour de juillet jusqu'au 2e d'août de l'an 1771 n'appartenaient à personne. Que du côté du nord elles s'arrêtaient à la lisière de la veuve Drouet et du côté du sud aux arbres de Gué-Robert. Cinq cent cinquante pas de la ravine à Gué-Robert, et vers l'ouest une lisière de trois cents pas contre la savane à mulets.

Il écrivait que l'arpenteur était venu, il écrivait que tout se passait selon son dessein. Il allait abattre les futaies et planter les bois neufs, brûler la broussaille et garder des arbres en quinconce pour l'ombre qu'ils donneraient aux caféiers. Avant la Saint-Jean il aurait une demi-douzaine de carreaux en café et en patates, en lisière il mettrait des pieds de tabac et l'indigo, le reste il le garderait pour les bêtes. Il l'assurait que tout ce qui pouvait être fait le serait, et qu'elle n'avait en rien à douter de son entreprise. Il écrirait prochainement, il ne tarderait pas à écrire, c'est ce qu'il disait. Il disait qu'il écrirait tout le temps qu'il serait sur l'île, que bien qu'il travaillât plus qu'il était possible, il prenait le temps et le prendrait toujours de penser à elle qui le soutenait de sa bienveillance, ainsi qu'à ses frères bien-aimés, et que, sans en omettre un seul, il comptait chaque jour qui les séparait.

Au bourg en même temps que le papier pour les lettres, il achetait un cahier, le soir il écrivait dans le cahier le travail pour établir la caféière, et de quelle façon il s'employait à habituer les terres et les planter, il abattait le bois d'œuvre, fabriquait le glacis à sécher le café, fabriquait les planches et les madriers, quand il quittait la houe il prenait la scie et la truelle, il disait comment là-bas on faisait les maisons, une pièce ou deux ainsi qu'une salle à manger où l'on dormait, plus tard on ajoutait une galerie et les bâtiments en retour, cela faisait une sorte de terrasse où l'on arrivait au sortir des allées, de loin on voyait les maisons et les terrasses d'où l'on contemplait la mer, puis on fabriquait les lambris et la salle de compagnie, le magasin pour le café pilé et pour le café en parchemin, le moulin à piler, le moulin à vanner, et tout le reste qu'il fallait. En attendant il vivait de peu, les légumes du jardin et quelques porcs qu'il élevait à la lisière. Toute une année il écrit dans le cahier. Quand il a rempli le cahier il en achète un autre, et pendant sept autres années écrit dans les cahiers, il compte qu'ainsi il a rempli quinze cahiers. C'était avant les registres, les grands livres des plantations.

Oui cette histoire de terres, elle doit bien encore y croire. Elle revient du champ de luzerne ou de mener la vache au pré, elle raboute le linge sur son banc et elle nous voit passer, elle nous parle des nouvelles qu'elle reçoit du fils le dernier, elle dit que ce fils-là a fait une lettre.

Il écrit le travail que c'est, et la mer qu'il voit de là-haut. Les brouillards qui traînent dans la ravine et les petits ouragans qui leur viennent de l'est entre l'été de Saint-Jean et septembre. Il parle des terres qu'il défriche et qu'il habitue, de la splendeur des fleurs de café en avril. Elle raconte, les nouvelles qu'il envoie et la peine que c'est de défricher les terres, de les habituer. Elle répond, elle demande qu'il en écrive davantage à ce propos, et qu'il l'instruise sur les glacis et les moulins et le café, tout ce que là-bas il y a à entreprendre. Elle pose ses questions et fait ses recommandations, parle des uns et des autres, aux fermes ou plus loin où sont les autres fils, elle parle du temps qu'il fait par ici, les hivers les étés et comment nous venons à bout de nos raies de terre, elle adresse ses lettres à la poste de l'Arcahaye où elles mettent quarante jours et davantage à arriver, et encore toute une semaine jusqu'à Grands-Fonds où il vient les prendre.

Elle y croit encore un moment. Nous disons qu'il y a un moment où elle y croit encore. Les lettres arrivent, continuent d'arriver, et par ici il y a toujours quelqu'un, aux fermes ou plus bas du côté des Vignelles où le tisserand fait l'école, pour les lui lire. Et les jours où il n'y a personne elle attend, elle prend la lettre d'avant et la met à côté de celle qu'elle vient de recevoir, elle regarde si les mots sont les mêmes, elle reste là à essayer de savoir, devant les pages et les feuilles où l'encre a coulé faisant des taches pâles autour des mots, les cernant de pâleurs, de lavures bleuâtres où parfois apparaît la jambe d'une lettre, une ligne en forme de fleur, de nuage.

Elles continuent d'arriver, il sera là dans sa cabane qu'elle les recevra encore, pour peu que là-dessus reste un bout de nom ou d'adresse les lettres les dernières arrivent, encore plus sales encore plus détrempées, et elle explique toutes les pluies qu'il y a dans ces pays-là, ou que les sacs encore une fois ont pris l'eau du bateau.

Jusqu'à la fin elle les reçoit, ignorant le peu qui reste à ignorer. L'ignorant jusqu'à ce que le petit soit là devant elle avec tous ses papiers, qu'après avoir montré la clairière et la cabane dans la clairière comme il lui montre, il sorte ce tas de feuilles et de pages et entreprenne de lui dire avec ces mots et ces phrases étranges ce que c'était qu'il lui portait.

Et alors elle n'en avait jamais vu autant, qu'il tirait de sous ses habits, et lui tendait par-dessus la table, par-dessus la nappe sur laquelle bientôt elle posait la chandelle, et elle les prenait et les rangeait l'un après l'autre dans la poche du tablier, tandis qu'encore derrière elle, derrière le mur, il montrait la clairière, la moitié de moitié d'arpent où le fils avait bâti la cabane avec le porche et les colonnes et l'allée d'arbres, où chaque jour il montait, lui l'enfant, le petit mulâtre, le trouver avec ses paniers, une heure pour aller, une heure pour revenir, depuis le taillis nous l'apercevions, et personne ne se doutait encore que l'autre, le fils, était là sans bouger ni rien dire sur sa paillasse, ce tas de toiles et de chiffons qu'il avait envoyé le petit ramasser aux portes des fabriques, du côté de Mabon ou de la prairie au Duc, et qu'il avait aussitôt assemblés et cousus sur une brouettée de pailles et de feuilles sèches, disant qu'il sentait venir les fièvres et les fatigues et qu'il allait se reposer un bout de temps, et alors il s'était mis là-dessus et n'en avait plus bougé, si ce n'est les premiers jours pour s'asseoir sous le porche et faire quelques pas sur le chemin, bientôt il n'allait plus sur le chemin ni ne s'asseyait sous le porche, il restait sur la paillasse sans bouger ni rien dire, à peine s'il se tournait pour voir le petit arriver, à se demander s'il l'entendait, si même il guettait sa venue et le moment où le chien aboierait. Il restait contre son mur comme s'il ne s'apercevait de rien, de l'enfant qui arrivait et du chien qui allait venait contre la porte, tout ce que ce petit-là voyait quand il entrait c'était le dos, la nuque de boucles grises, les boucles comme les copeaux qui traînaient encore sur le sol, et tous les chiffons qu'il avait roulés autour, comme s'il n'avait plus rien eu d'autre à faire qu'à s'entortiller dans les chiffons et n'entendre plus rien des chiens qui aboyaient et des enfants quand ils venaient.

Tout novembre et tout décembre et l'hiver était arrivé, tandis que les lettres les dernières elle les recevait encore, où l'encre et les pluies avaient dégoutté, noyant les phrases noyant les mots et tout le respect et le dévouement que jusqu'à la fin il lui marqua, il était là sur sa paillasse, ses toiles peintes, qu'elle recevait encore les lettres, les mêmes que celles qu'à présent on lui portait, jamais envoyées, jamais mises au sac des navires les feuilles et les pages arrachées aux registres au dos desquelles un jour il s'était mis à lui écrire, à l'assurer de son respect et de son dévouement, et de la peine que c'était de venir à bout de toutes ces entreprises. Il était dans la cabane qu'elle les recevait encore, et personne ne se disait qu'il était là, que c'était lui le fils qui était revenu, qui avait bâti cette cabane avec son porche et son allée d'arbres. Personne ne savait.

Et sans doute le petit devait-il lui tendre la soupe ou le bouilli et le prier de boire et de manger, ou même qu'il parlât un moment avec lui. De tout et de rien, du vent de mer et des pluies qu'ils avaient à présent, à cause de quoi il était en retard, puis du port et des bateaux qui entraient dans la Rivière, dont il aurait dit le nom et d'où ils venaient, il n'y a pas longtemps encore ils parlaient des bateaux, ils s'arrêtaient et regardaient les bateaux qui pénétraient dans la Rivière et cherchaient à savoir d'où ils venaient. Oui sans doute à nouveau le priait-il, et attendait-il qu'il parlât tandis que peu à peu se détournant l'autre, le fils, glissait sur sa paillasse, ces toiles ramassées aux portes des fabriques, rouges et bleues avec les oiseaux et les fleurs dans les torsades, et maintenant toute la paille qui sortait de là, le chaume rêche poussiéreux, peu à peu glissant sur cette paillasse où parfois il souriait encore, peut-être le petit le voyait-il encore sourire, s'excuser une dernière fois des silences, des fatigues, avant de se détourner et se taire pour de bon, ne faisant plus qu'écouter la pluie sur le toit et à force d'écouter la pluie s'endormant, ne faisant que s'endormir, la tête roulait sur l'épaule, le petit voyait la tête rouler, le fils peu à peu s'affaisser sur la paillasse, le lit de toiles peintes, les oiseaux du plus beau rouge et du plus beau bleu, et dans les torsades les dahlias, les pivoines, des fleurs immenses.

À nouveau il voyait le dos, la nuque de boucles grises, il se taisait, posait l'écuelle sur le sol, le fouillis de paille et de terre battue où bientôt tout au travers courait un insecte, un lucane, un charançon, il voyait l'insecte traverser la cabane, le fouillis de paille et de terre battue, aller puis revenir, la carapace sombre, luisante. Il se taisait et le regardait dormir, à peine s'il voyait la poitrine se soulever, doucement chercher l'air, respirer sans bruit, sans mouvement, rien que le silence et l'immobilité. La nuque pâle, décolorée où s'étaient creusés des sillons profonds, comme des entailles à même la peau, des coupures d'usure, de fatigue, il regardait la nuque coupée, fatiguée, et sur le sol l'écuelle avec le lard ou le bouilli, ainsi passaient les après-midi.

Quand il se tournait vers la porte il voyait le ciel s'obscurcir et les nuages filer vers les terres, il pensait au jour qui tombait et à l'homme qui dormait, qui laissait le jour tomber sans bouger ni se retourner, ni rien manger de ce qu'il lui portait. Assis là tout le temps des après-midi, jusqu'à ce que le jour tombe, les bruits les odeurs du soir, et ce n'était pas la peine de se demander à quoi pensait cet enfant-là, ce n'était pas la peine de se le demander, avec tout ce que déjà il avait de souvenirs, de choses à ne pas dire, tout ce à quoi, les yeux fermés et devant lui tous les murs du monde et plus loin derrière les murs les taillis et les mers innombrables, il ne faisait que penser, l'instant précis où le fils ouvrait les registres et se mettait à consigner, tous ces livres où jour après jour ainsi qu'on le lui demandait il consigna, et le temps que ça durait, oui les jours les soirs où quand il retourna là-haut lui le fils il eut à marquer dans les livres le prix des mules et celui des chevaux, et combien coûtaient l'huile et le vin venus de France. Tout ce qu'il y avait de jour, puis à la lumière des chandelles qu'il allumait les unes après les autres, c'est-à-dire tout le temps qu'on lui donna des chandelles et qu'on le garda, des soirs entiers et le vent arrivait sur les mornes, sifflant sur les toits et cassant les branches. Ou bien peut-être était-ce qu'il pleuvait encore, sans doute là-bas devait-il encore pleuvoir.

Ce qu'il pense tandis qu'il le regarde dormir sur sa paillasse, ce n'est pas bien difficile de l'imaginer, et l'autre n'a toujours pas parlé, il n'a rien dit de tout ce temps. Quand cinq heures sonnent le petit ramasse son panier et dit qu'il s'en va, à voix basse il dit qu'il part, laissant le lard et le bouilli auxquels l'autre n'a pas touché, là sur le sol, le fouillis de paille et de terre battue il laisse l'écuelle et dit que c'est l'heure de partir, qu'il reviendra demain, oui demain il reviendra, il reviendra chaque fois qu'il faut, il est là pour revenir, pour porter les écuelles de soupe et de bouilli et s'inquiéter de l'homme qui attend le froid, le vrai de l'hiver, puis il se met à courir, il court jusqu'aux carrières et aux jardins, il court jusqu'aux premières maisons, jusqu'à la Rivière, et alors on ne le voit plus, il disparaît dans l'odeur des cordes, des toiles et des marées, le bruit des charrettes sur le pavé, les voix, les appels depuis les bateaux où l'on porte les sacs les futailles, pour la traversée, les voyages très longs, la farine et les quarts de lard, la morue, le beurre de Corck, le vin ordinaire et pour la chambre le vin vieux de Bordeaux, la vache et son veau, la truie pleine, tout comme les clous de fer, les barils de remèdes composés et la toile batiste qu'il faut à ceux des îles, et pour les nègres qu'on va prendre à l'Afrique le riz gruau et les fèves de Marennes, et pour les rois qui cèdent les nègres toute la quincaille, les peaux de chat et les clochettes d'argent qu'on trouve à la ronde, ainsi que la gaze et le satin et les souliers de castor, le drap écarlate et le drap bleu, les peignes de corne les peignes de buis, les perruques, les lunettes, la bergamote.

Il court le long des quais, les entrepôts et les magasins qui sentent le tabac le café, le long des grandes maisons avec les fenêtres et les balcons sur la Rivière, et dans la pierre au-dessus des portes tous les dieux de la mer et du vent, les maisons de ceux qui ont les bateaux, qui à cette heure s'entretiennent avec les capitaines et les marchands, et bientôt en habits et bas de soie se rendent à la comédie, danser et souper dans d'autres belles grandes maisons avec des balcons sur la Rivière, et dans la pierre au-dessus des portes tous les dieux de la mer et du vent.

6

Et nous nous disions que ce ne pouvait être qu'un soir comme celui-ci quand la neige tombait. Ou un matin quand le jour n'arrivait pas à se faire, ni rien de ce qu'il fallait pour que ce fût le jour. Ce ne pouvait être que lorsqu'il n'y avait plus rien à voir du ciel et de la terre, et qu'on ne savait plus où commençait l'un où finissait l'autre. Nous pensions à l'été et au ciel bleu, à tous les ciels bleus, aux vents tièdes, nous y pensions comme jamais, tandis que là devant elle dans le jour qui s'en allait le petit tendait les papiers et de la main une fois encore il montrait le taillis et la cabane, comme s'il n'avait jamais fait que ça, se tourner vers les fenêtres et montrer les taillis et les cabanes, comme là-bas il était à regarder son mur et derrière le mur toutes les choses dont on ne parlait pas, dont on ne pouvait parler, qu'on ne faisait jamais que montrer, de la main et du bras tendus comme à présent il montrait la clairière et la cabane dans la clairière, et avec elles toutes les clairières et les cabanes avec leurs allées leurs porches et leurs colonnes, et alors tous les hommes qui un jour se mettaient là et attendaient, ne faisaient qu'attendre. Oui tout ce que par là-bas il y avait d'ombre et de froid, de jour qui n'en finissait pas de tomber. Disant que là, immense, inoubliable était ce dont il venait parler, venu tout exprès et de si loin, là devant elle, dans le jour qui s'en allait, comme il aurait été ailleurs, sans l'être et avec autant de silence, et le peu qu'il disait suffisait, tandis que la nuit venait, l'épaisse froide nuit d'hiver, bientôt il n'y eut que la pâle lueur du foyer, la cendre qui rougeoyait encore, et quand elle se baissa pour repousser une braise un commencement de flamme, un vif, fugitif éclat dans la pénombre.

Il montrait la clairière où le fils s'était mis sur sa paillasse, ses toiles peintes, et cela avait duré l'automne et la fin de l'automne, et décembre jusqu'à la Noël, cependant qu'elle recevait encore ses lettres, ces choses que le fils disait, écrivait encore, le fils écrivait comme il avait promis, il n'oubliait pas la promesse de la tenir informée. Il lui faisait savoir l'état de sa santé qui était bonne ou les fièvres dont il souffrait, et la priait de ne pas négliger de lui répondre par toutes les occasions qu'elle trouverait.

La terre avait tremblé aux Grands-Fonds, il écrivait que la terre tremblait du côté des Grands-Fonds, sur les sept heures le soir et par deux fois la terre s'était ouverte, laissant passer des eaux, des rivières inconnues tandis que d'autres disparaissaient et on ne les revoyait plus. Il parlait du vent qui avait emporté les murs et le toit, c'était une autre année, le vent avait emporté les murs et le toit et alors il fallait travailler à nouveau, refaire ce qui était défait, il parlait de ce qu'il fallait faire et refaire, il parlait du vent qui enlevait les toits et les murs et empêchait de dormir. Du vent et des pluies, et de la chaleur extrême sitôt qu'on descendait à la plaine. Il disait l'enfer qu'était la plaine dans ce pays-là, il lui demandait de se représenter la chaleur et le ciel très brûlant, et combien la lumière blessait les yeux fût-ce au travers des paupières fermées. Année après année, saison après saison. Si bien qu'à la fin les lettres se confondent, le même mauvais papier, la même mauvaise encre coulant autour des mots, autour des phrases, et on finit par ne plus savoir, ne plus rien distinguer, des récoltes qui se perdent, des pluies et des grands secs ainsi que des bêtes égarées dans le bois, cependant qu'il demeure son fils très respectueux très dévoué, et la prie de croire en ses pensées les plus fidèles.

Il met ses lettres à la poste du bourg où il descend chercher la houe et la pièce de toile, la graine de pois blanc. Il voit les gens du bourg et ceux qui viennent du port et des cayes, les nègres qui travaillent aux chemins, les mulâtresses avec leurs paniers de linge et de fruits, et le soir sur leurs chevaux dans les allées d'orangers. D'elles il parle à peine, des femmes qu'il y a là-bas le fils ne dit rien, ni des négresses ni des mulâtresses qui le soir ouvraient le bal dans les jardins sur la mer, ors et grenats brillant au cou, bas et dentelles et mules de cuir fin, c'est ce qu'on racontait, que là-bas les hommes se rendaient aux bals des mulâtresses, faisant tout un chemin par les halliers et les savanes dans leurs toilettes de bal, gilet de velours coton, culotte de toile et veste gris de fer, au retour s'endormant au pied des arbres, le matin les réveillait, la terre humide. Sitôt revenus ils inspectaient les places et les savanes à troupeaux, comptaient les sacs et les barils, les vivres secs qu'ils allaient changer au bourg contre les ferrements et les outillages. Plus tard ils envoyaient les nègres à la liane ou charroyer les gaules et le bois pour les cases et les moulins, barrer la rivière pour mettre l'eau dans le puits. Ils attendaient les pluies, ils disaient qu'elles ne viendraient plus, ils regardaient le ciel et d'où venait le vent, les prés qui se desséchaient, les bêtes qui n'avaient plus que les os et mouraient sur l'herbe brûlée.

Le fils ne parlait ni des mulâtresses ni d'aucune femme qu'il y avait là-bas. Parfois il parlait de ceux que les bateaux allaient prendre à l'Afrique, ils travaillaient aux caféières ou aux champs de canne, montaient et descendaient les mornes sans rien dire et le soir regagnaient les cases, ne voulant plus entendre parler de la mer ni des bateaux, plus jamais ne regardant la mer ni les bateaux. Quand ils voulaient retourner à l'Afrique ils se pendaient aux lianes, c'est ce qu'on disait, que les nègres se pendaient aux lianes pour retourner à l'Afrique.

Il écrit, il continue d'écrire. Et le temps que ça dure personne ne peut le dire. Pas même elle avec ses traits à la suie sur la cheminée, et les saisons d'ici qu'elle compte, chaque Noël et chaque Toussaint et la Saint-Jean d'été.

Le soir quand elle nous rencontre près des jachères ou du champ où elle faucille l'herbe aux lapins, elle parle des lettres qu'il envoie, qu'il fait sur le papier qu'il achète aux comptoirs des bourgs, ou plus tard sur les pages arrachées aux livres et aux cahiers, et qui mettent des semaines des mois à traverser les mers, à arriver jusqu'à la Rivière, sorties des bateaux et des chaloupes dans leurs sacs de toile grise, marqués à l'encre noire les sacs qui portent les nouvelles de la colonie, les récoltes et les guerres qui prennent là-bas, le prix du café et du baril d'indigo et celui du bois rouge. Et quand elles arrivent, ça fait des jours et des jours qu'elles sont parties et plus personne n'en est à compter, ni le temps pour qu'elles arrivent, ni le temps pour les faire, ni à la fin le temps qu'il lui faut à elle pour les écouter comme elle avait à les écouter, et chaque fois qu'il était nécessaire.

Il écrit encore, même les lettres qu'il n'envoie pas, qu'il garde dans sa besace et plus tard dans le bois du lit, année après année, saison après saison, l'assurant qu'il met tout ce qui dépend de lui dans cette entreprise et ne doute pas qu'un jour elle soit la plus intéressante qu'on peut espérer. Il n'en doute pas, et la remercie de l'intérêt qu'elle a encore la bonté de lui témoigner, il la remercie bien sincèrement et la prie de le tenir pour son fils Jean-Marie S. très aimant très dévoué.

Oui des lettres il en écrivit et plus qu'elle n'en reçut, bien plus qu'il n'en mit au sac des navires ou à la poste des bourgs, et quand elle se les fit lire personne n'aurait pu dire que ce n'étaient pas les mêmes que les autres, qu'il avait envoyées et qu'on lui lisait chaque fois qu'elles arrivaient, non personne n'aurait pu le dire, à elles toutes elles ne faisaient plus qu'une seule et même lettre où vingt ans durant l'encre et la pluie avaient dégoutté, et où sans jamais se lasser il l'entretenait des tempêtes, des chaleurs et des pluies qui ravinaient les pentes, comme si avec le temps, hormis le respect et le dévouement qu'il prenait toujours la peine de lui marquer, il ne savait que l'entretenir de ces choses-là et que plus rien d'autre n'existât, ni même eût jamais existé. Et nous aurions pu comprendre que ce n'était pas de ça qu'il parlait, ce n'était pas de ça. Déjà nous aurions pu comprendre.

Aussi quand il en vint à évoquer les terres qui s'épuisaient et les difficultés sans nombre, elle ne jugea à propos ni d'en parler ni de questionner davantage, et personne n'aurait su dire ce qu'elle pensait, pas même lui quand elle lui fit faire sa réponse. De ce jour-là elle ne s'étonne de rien, elle ne s'étonne jamais de rien. Une année ce sont les tempêtes, une autre la guerre ou le prix du café tombé à rien, et le baril d'indigo qui ne se vend plus ni rien de ce qui là-bas se vend et se récolte, alors les bateaux ne prennent même plus la peine d'y aller. Sans parler de la terre qui tremble et ensevelit ce qu'il y a à ensevelir de rivières et de maisons, de blancs, de nègres et de bêtes, celles-là mêmes qui tombent dans les ravines ou du haut des falaises, ou s'égarent dans les bois et jamais on ne les retrouve.

Ce pouvait être, disait-il, qu'il s'y fût mal pris, comme en témoignaient les difficultés qu'il rencontrait, et bien plus qu'il ne saurait en résoudre ni même expliquer, mais il l'assurait que tout ce qui devait être fait l'avait été. En vérité à l'heure qu'il était les terres s'épuisaient, et il ne disposait plus de bois neufs à dégarnir, c'est ce qu'il disait, et que les saisons, hivers et carêmes, et la terre même ne laissaient de répit à quiconque. Aussi n'y avait-il qu'à attendre et prier Dieu ainsi qu'il faisait. Il devait espérer qu'elle lui rendrait assez de justice pour ne pas lui en tenir rigueur, et la remerciait de l'intérêt qu'elle prenait encore à ses affaires. Il demeurait son fils très dévoué, Jean-Marie S.

7

Non le temps qui passe entre le moment où il entreprend cette caféière et celui où il perd les terres, on ne peut le dire.

Puisque les terres il les perd, il les cède et pour moins que quiconque eût songé à le faire, à ceux qui arrivent des plaines et cherchent sur les collines. Jusqu'au faîte des mornes, et passé les mornes, jusqu'aux montagnes de la frontière. Jardin après jardin il cède les terres, il écrit que le mauvais cours des choses le détourne présentement de garder les terres, mais qu'il en trouvera d'autres, plus loin sur les hauteurs il doit bien rester quelques savanes à défricher et à planter, c'est ce qu'il dit, et qu'elle n'a pas de souci à se faire à son sujet, pour ce qui est de chercher il sait ce que c'est, cela il le sait.

Il part et reprend sa marche. De ce qu'il peut reprendre de marche. Car à peine a-t-il redescendu les mornes qu'il souffre des chaleurs de la plaine, de cette lumière, cet éclat qu'a la plaine brûlante, les champs de canne dans le soleil, et c'est à se demander si cette fois il cherche, si au reste il a jamais cherché. Tout ce qu'il semble vouloir faire c'est d'aller droit devant lui, comme si un jour au bout du chemin il allait s'apercevoir qu'il n'avait plus besoin de marcher, qu'à force de marcher bientôt il n'y avait plus besoin de rien, il suffisait de s'étendre sur un talus ou l'herbe d'une savane et ne plus se soucier de rien ni de qui que ce fût.

Il marche, il recommence à marcher, de la côte de Jacmel à la côte du Port-au-Prince puis de là jusqu'à l'Arcahaye et Jean Rabel, et il gravit encore les mornes et de là-haut il regarde la mer, il dit que la vue de la mer console de bien des peines, il dit qu'elle est bonne à regarder, il marche et il marche, et avec le temps qui passe, les mois les saisons, nous ne savons plus où nous en sommes avec lui, du temps d'avant ou du temps d'après, il marche jusqu'à ne plus savoir où aller, écrivant encore, l'informant encore qu'il n'aurait pas l'honneur de lui dire les nouvelles qu'elle attendait, mais qu'il ne perdait pas de vue l'intérêt qu'il aurait à trouver un jour d'autres terres. Écrivant encore, faisant oublier qu'il s'en allait, parlant de la vie difficile et de la marche qu'il faisait à nouveau, demeurant comme toujours son fils très aimant et très dévoué, oui le demeurant. La vie était si difficile et le monde autour d'eux, que c'est à peine s'il pouvait se rappeler les jours d'autrefois, à peine s'il pouvait, et si même il y avait eu un autrefois, mais il pensait à elle comme il l'avait toujours fait, et demeurait le plus fidèle, le plus dévoué des fils.

Des lettres comme celle-là il en fait encore quelques-unes, puis reste longtemps sans donner de ses nouvelles, autant que nous-mêmes avons pu en juger et mesurer le temps qui passait. Il doit marcher et marcher, et ne rien faire d'autre qu'aller droit devant lui de cette façon qu'il a d'aller.

Alors qu'il retournât là-haut n'eut rien pour surprendre, qu'il revînt, ne sût que revenir, comme une bête sur ses propres traces, rôdant sans doute, on ne sait combien de temps errant là-haut comme un malfaiteur et dormant près des barrières. Quand il recommença à écrire ce fut pour parler des terres où il revenait et de l'ouvrage qu'on lui donnait, des maîtres qu'il avait là-haut. Il espérait qu'elle comprendrait, et la priait de recevoir comme le langage du dévouement ce qu'il lui faisait savoir de son état.

Et sans doute savait-elle que ces lettres-là étaient les dernières. À peine si comme autrefois elle demandait qu'on lui répétât un mot, une phrase, comme si elle n'avait plus rien eu à dire ou que rien à présent ne pût l'étonner. Quand il se mit à parler des livres elle ne sembla pas observer que ce fût là quelque chose d'inattendu, ou de contraire à la sorte d'idée qu'elle avait de ce qui arrivait, et n'exprima rien qui pût faire croire à sa surprise, tout continuait, c'est ce qu'elle semblait dire, tout continuait et allait son train.

Qu'un jour après avoir cherché les terres comme il les chercha puis les avoir trouvées et perdues ce jour de février où, pour moins que rien et sans attendre davantage, il mit son nom au bas de cette feuille qu'on lui tendait, bien content semblait-il, à tout le moins soulagé que l'affaire se résumât à si peu de chose, puis cela étant fait qu'il revînt là-haut comme une bête à son terrier, tout cela devait lui paraître se ressembler, tenir à la même longue, ingrate suite de jours, à ce tourment ordinaire dont ils semblaient elle et lui avoir pris l'habitude. Comme si après tout cela qui avait demandé tant d'années, il n'avait plus, il n'aurait plus rien d'autre à faire que ce que maintenant là-haut on lui demandait, tenir les écritures et tous ces livres qu'on lui remettait. Où alors il commença à consigner, comme un jour il avait commencé à marcher au travers de l'île, avec cette soumission, cette sorte d'acquiescement tranquille à ce qui venait, ne voyant et n'entendant plus rien que ce qu'il avait à voir et à entendre, et il aurait eu les yeux fermés que c'eût été la même chose. Oui cela elle le savait, elle ne pouvait que le savoir.

Alors qu'il nous ait fallu tout ce temps pour comprendre, ce n'était jamais qu'un peu plus de stupeur, et de cette inquiétude qui parfois nous tourmente. De ces choses qui arrivent et accablent, et on se dit qu'on les a toujours sues. Qu'il mourût dans sa cabane et que nous le portions là-bas derrière les frênes, puis que passât tout un mois de pluies et de froid et de ce gris qui prenait le courage avant que le petit vînt la trouver, que là devant elle dans la petite maison où pénétrait le peu qui restait de jour, le blanc humide et silencieux qui enfouissait toits et chemins et jusqu'au bruit des cours, il sortît de sous son amas d'habits toutes ces pages et ces papiers, ces liasses de feuilles où l'encre avait coulé, brune et grise, et si pâle que c'est à peine si là-dessus on pouvait rien lire et les lui remît, à elle qui sans rien dire les prenait et les rangeait dans la poche du tablier, oui qu'il nous ait fallu attendre cet instant pour comprendre ce qu'il restait à comprendre, dans le peu de jour, dans tout l'hiver qu'il y avait, ce n'était jamais qu'un peu plus de tristesse, un peu plus de ce désarroi, de ce gris qui prenait le courage et tout ce qu'il fallait pour aller au bout des hivers, ce n'était jamais que cela, et nous n'eûmes pas même à nous en étonner.

Ce qu'il venait dire nous le comprenions, et aussi qu'elle le savait et depuis longtemps, qu'elle savait depuis toujours. Comme savent ceux qui ont toujours su, il n'y a pas un jour où ils ne savent, et ce qu'il y a à faire ils le font et ce qu'il y a à dire ils le disent, et les autres l'ignorent, ainsi va le monde, ils ignorent et se taisent et vont comme on leur dit d'aller. Il était parti où elle l'envoyait, et si loin qu'il mettrait plus de vingt ans à revenir, il était parti, ne faisant jamais que partir, qu'essayer de la contenter, et qu'il marchât ou entreprît de défricher la misérable savane qu'à force il trouva sur le devant d'un morne et d'où il disait qu'il voyait la mer, ou qu'il consignât dans ces livres qu'ils lui remirent, ce n'était encore que marcher, ce n'était jamais qu'aller droit devant de cette façon qu'il avait toujours eue, comme s'il eût été lancé sur une piste, un de ces chemins interminables où l'on vous dit d'aller.

Il était parti sur cette île dont il ne fit que souffrir, et plus qu'un autre redouta les chaleurs et les tempêtes et la terre quand elle tremblait, et où bientôt chaque jour du temps qui passa s'inscrivit dans un calendrier inconnu de lui. Un temps dont il n'aurait su dire ce qu'il était, et qu'il en vint à considérer comme un pays dont il eût ignoré l'existence, une contrée extrême et à jamais étrangère. Y renonçant comme il renonça au reste, renonçant au temps qui passe, immobile comme parfois au plus fort de la marche quand plus rien autour de soi ne semble devoir bouger, ni soi-même dans un même interminable ballant. De toute son immobilité allant vers cette fin qu'ils savaient elle et lui, comme un tronc d'arbre ou une bête tombée à l'eau d'une rivière où se sont mises les pluies ou des crues violentes, emportés par le courant, et ils n'ont rien à quoi s'accrocher, ni herbes ni racines, rien qui pût arrêter le temps, le terrible cours des choses.

Oui ce qu'il y avait à savoir elle le savait, elle l'avait toujours su. Des rivières et de ceux que les rivières emportaient avec elles. Depuis le jour où il part jusqu'à celui où il revient sans même qu'elle l'apprenne bâtir cette cabane dans le taillis, là tout à côté où il met sa paillasse et attend ce qu'il attend. Ce moment où la rivière se perd dans la mer avec les hommes et les bêtes et les morceaux de bois, oui, le moment où tout se perd et n'en finit plus de se perdre, et plus rien n'existe de ce qui existe, plus rien n'existe.

Cela, malgré notre ignorance, nous le comprenons, notre mémoire nous le dit. Là, dans le jour qui tombe, le pâle soir de janvier quand le petit se trouve devant elle qui l'attend comme elle n'a jamais attendu personne, avec tous ces papiers qu'il lui porte et qu'elle range l'un après l'autre dans le tablier, les liasses de pages et de feuilles où chaque espace et jusqu'aux marges mêmes a été rempli et où par endroits l'encre a coulé, noyant les lignes, noyant les mots, et ces phrases que jusqu'à la fin il se donne la peine de faire, nous comprenons que nous le savons.

Comme si tout le temps se trouvait là rassemblé, soudain, et malgré la stupeur. Tout le temps depuis qu'elle l'a mis au monde et gémi inconsolable de l'avoir mis au monde, jusqu'à ce jour d'hiver où sans venir la trouver ni lui faire savoir qu'il est revenu, il se met sur sa paillasse, et c'est lui que nous découvrons quand nous poussons la porte, lui le fils le dernier et pas un autre, et à côté l'enfant, le petit mulâtre qui veille sans bouger ni rien dire comme s'il n'avait jamais fait que ça veiller sans bouger ni rien dire ceux qui mouraient, et sans nous souvenir de rien ni de personne, si ce n'est toutes ces choses qui commencent et n'ont pas de fin, nous le portons en terre, et le lendemain quand nous revenons avec nos planches et nos bouts d'osier pour caler les planches le petit est encore là, comme s'il n'avait pas dormi, pas même bougé de la nuit, comme si même il n'y avait jamais eu de nuit ni de temps qui passe. Il se tourne et nous regarde sans rien dire, et quand nous installons le fils entre ses planches et le hissons sur la charrette, il se lève et nous suit derrière la charrette, le lourd cheval gris, le grincement lourd des roues et des ridelles sur la broussaille du taillis, et tout le temps que nous creusons la fosse il reste là sans bouger ni rien dire encapuchonné dans toutes ses laines, ne nous regardant pas plus que le jour d'avant, regardant la terre que nous jetons à pleines pelletées, la terre lourde froide et brillante, si lourde, froide et brillante qu'elle ne peut servir qu'à ensevelir ceux qui meurent, et alors la neige se met à tomber comme elle n'est jamais tombée par ici, drue, épaisse sur le chemin, le coteau qu'elle enfouit de blanc, de silence, de toutes ces voix qui se taisent, ce très violent très profond, insondable silence, il lève les yeux et il regarde le ciel, la neige inconnue dont il ignore jusqu'au nom, il regarde la neige tomber sur la terre lourde et brillante que nous jetons à pleines pelletées dans le trou. Et quand à la fin personne ne voit plus rien du fils ni des deux planches il se tourne vers nous et nous regarde, un instant nous voyons les yeux clairs, très grands dans le petit visage bistré, pétri de bruns, de gris, nous voyons les yeux très grands avec lesquels il nous regarde, puis il part, il redescend par les jardins et les carrières, nous voyons le capuchon de laine grise apparaître et

disparaître entre les arbres, quand cinq heures sonnent derrière les salorges il n'est déjà plus qu'un point gris à peine per-
ceptible dans le jour gris, la nuit qui prend par les toits.

Non ce n'est pas qu'il parle, que là devant elle dans la
pénombre du soir, l'épais et froid silence du soir d'hiver, dans
ses vieux habits, ses vieilles laines mouillées de neige d'où les
uns après les autres il extrait ces papiers, ces feuilles où l'encre a
coulé, nous entendions cet enfant-là parler. De cette voix qu'il
avait, douce et chantante, cette langue où de temps à autre
nous reconnaissions un mot, une sorte de phrase qu'elle écou-
tait comme si elle comprenait, comme si elle ne savait que ça,
les mots, la langue étrange qu'il parlait, debout contre la porte
de laquelle il s'était à peine éloigné, aussi immobile qu'une
souche dont il eût pris la couleur, grise et brune et si froide que
c'est à peine si on en distinguait rien, si ce n'est dans l'obscurité
les yeux pâles qui regardaient sans rien voir, et parfois se
détournant, fixaient le sol ou par la fenêtre le ciel de neige, et
alors on ne voyait plus rien qu'à nouveau le brun et le gris,
cette profonde, insoutenable couleur d'hiver.

Ce n'est pas qu'il parlait, il n'y avait pas besoin de beau-
coup de mots pour qu'elle comprît. Que là, dans cette
masure où ils se tenaient l'un devant l'autre, la petite maison
d'où le jour s'en allait et qu'à présent le feu ne semblait même
plus pouvoir chauffer, elle entendît ce qu'il y avait à entendre

et qu'elle n'avait pas besoin qu'on lui rapportât, que ce qui devait arriver arrivait comme arrive ce qu'on attend, jour après jour et sans même qu'on se le dît. Ce qu'il fallait de mots était là, dans les pâleurs, les lavures d'encre mouillée, écrits on ne savait il y a combien de mois combien d'années, sur ces papiers qu'il tendait, toutes ces pages et ces feuilles qu'elle prenait et rangeait l'une après l'autre dans le tablier, comme on range, on met à sa place ce qui doit l'être.

À notre tour nous comprenions, nous comprenions ce qu'il venait dire des hommes que les rivières emportaient et des choses qui n'avaient pas de fin, des choses avec quoi on ne pouvait en finir, jamais on n'en finissait. Des hommes, des fils, et tous les autres qui faisaient comme on leur disait, après quoi ils ne pouvaient s'en empêcher, non ils ne le pouvaient. Cela nous le comprenions, nous comprenions qu'il le disait, debout devant elle et sans même avoir avancé d'un pas, tandis qu'il montrait ce qu'il avait à montrer, derrière la fenêtre derrière le mur, derrière tous les murs et les fenêtres et toutes les neiges qu'il y avait sur cette terre, et si près d'elle, si incroyablement près, la clairière où quand le fils était revenu il avait bâti la cabane.

Nous comprenons que c'est ce qui arrive. Qu'après avoir cherché les terres et marché comme il fait, il ne peut ce fils-là mettre fin à ce qu'il entreprend, il ne le peut. Et plus rien ni personne ne peut faire qu'il en aille autrement, ni elle qui l'a envoyé là-bas et n'a jamais eu besoin qu'on lui dise rien pour savoir, ni eux qu'il vient trouver un soir à l'hivernage et qui le gardent.

II

8

Il parle de froid et de brouillards, d'une saison de pluies sur la colline. Là sur les feuilles qu'on lui remet et qu'elle range l'une après l'autre dans la poche du tablier, il est question de l'hiver qu'il y a là-bas. De brouillards qui traînent sur la ravine.

Ils le voient revenir, rôder on ne sait combien de temps près des barrières, et quand à la fin ils demandent ce qu'il fait à leur barrière, et s'il y a quelque chose dont ils auraient à parler eux et lui, il dit qu'il cherche de l'ouvrage et qu'il aurait bien besoin de travailler, il demande si par ici il n'y aurait pas de l'ouvrage qu'il pourrait faire. Abattre le bois et planter les jardins il savait ce que c'était, c'est ce qu'il dit, de même qu'écrire et compter, et pour ce qui était de la besogne il n'avait pas peur, non il n'avait jamais eu peur.

Alors ils le gardent, ils disent qu'ils sont les maîtres et qu'ils le gardent. Ils ne voient pas d'inconvénient à garder le fils qui retourne là-haut, qui ne sait où aller, il s'occuperait des écritures et des livres qu'ils avaient, ils avaient besoin de quelqu'un qui s'occupât de consigner dans leurs livres. Ils montrèrent les livres et l'habitation que c'était maintenant, les jardins, les cases et la maison des maîtres, tous les magasins et les moulins, ils montrèrent tout ce qu'il y avait à montrer et l'installèrent dans une case près des magasins, d'où il pourrait parcourir l'habitation, observer ce qu'il y avait à observer et rendre les comptes qu'il fallait. Ils demandaient des comptes et des listes, et qu'il marquât sans rien omettre l'argent des récoltes et des places à vivres, et combien coûtaient l'huile et le grain, les vins de Bordeaux et les vins de Saintonge, les outillages, les pièces de toiles, et bien sûr tout ce qui concernait les hommes dans les cases, naissances, morts et maladies. La consignation était importante et il s'agissait de ne rien oublier, il y allait du bon ordre de l'affaire qu'ils avaient entreprise, c'est ce qu'ils disaient, et sur quoi ils attiraient son attention.

Il fit ce qu'ils demandaient et se mit aux écritures, si bien qu'on aurait dit qu'il n'avait jamais fait que cela. À le voir aller et venir d'un bout à l'autre de l'habitation avec le livre et la bouteille d'encre à la ceinture visitant les moulins, les glacis et les places à vivres et les cases où étaient les nègres, visitant les nègres, ceux qui naissaient ceux qui mouraient et les autres qui venaient d'Afrique, chacun pensa qu'il n'avait jamais fait que cela. Les comptes et les colonnes de chiffres et ligne après ligne tout ce qu'il y avait à consigner de l'habitation, le produit des récoltes et ce qu'ils descendaient acheter au port et au bourg, les houes, les brebis, les pièces de toile et les ferrements pour les nègres.

Parfois au lieu du livre il emportait un cahier plus petit qu'il calait dans le sac de taille ou la ceinture avec la bouteille d'encre, la gourde et le mouchoir de tête, où il notait ce qu'il y avait à noter et qu'il recopiait ensuite. Il n'y avait rien qui pût être oublié et dont il n'eût à tenir compte, des bonnes et des mauvaises années et des toits enlevés par le vent, des murs crevassés et des chemins à réparer, étuves à refaire et récoltes à mettre aux fumiers, et sitôt qu'ils agrandissaient l'habitation, chaque arbre qu'ils abattaient et chaque case qu'ils bâtissaient, magasin, forge et écurie, le bois, le sable et les tuiles, et tous les toits, les murs et les chambres qu'ils faisaient, ainsi que les galeries autour de la grand-case et les lambris qu'ils mettaient aux murs, et pour les cours et les terrasses tout ce qu'on trouvait là-bas de figuiers, de tubéreuses et d'orchidées, ils fleurissaient les maisons, de loin quand on arrivait on voyait les allées et les terrasses, les grands bacs sur les escaliers, et toutes les fleurs au pied des arbres.

Telle était la consignation. Ils voulaient une grande et belle demeure avec des galeries, des chambres et des lambris, il consignait les galeries, les chambres et les lambris, et cela étant achevé ce qu'ils y posaient d'ocres de turquoises et de bois des îles, de miroirs, de vaisselles d'Angleterre. Des maisons comme celle-là il n'en avait jamais vu. Ni autant de nègres dans les cases tout autour, ni la caféière très grande, et encore tous ces champs de canne qu'ils avaient à la plaine.

Alors il prend l'habitude. Il a fort à faire et prend l'habitude, marquant les jours où ils attendaient la pluie et ceux où il pleuvait, et quand il grêlait la taille des grêlons et les dégâts qu'ils causaient, les années où s'abattaient les ouragans et les années où la terre s'ouvrait dessous les maisons, et parfois ils se remettaient à peine de l'un que l'autre arrivait. Marquant tout ce qu'il y avait à marquer d'hommes et de bêtes, de mules, de bouvarts et de juments ainsi que de bourriquets qui couvraient les juments. Quand il écrit c'est pour dire qu'il prend l'habitude, et tout le travail qu'il a. Il oublie les terres, comme il lui demande de bien vouloir n'y plus penser elle-même. Il consacre à la tâche le temps et le soin qu'il faut. C'est ce que disent les maîtres, et qu'à ce moment-là il y a à comprendre. Rien d'autre encore. Pour le moment, tout convient, va du mieux qu'il est possible.

Il arrive que nous ayons des nouvelles par ceux des bateaux, ils le rencontrent, certaines années l'aperçoivent au port ou dans un des bourgs voisins. Il parle des maîtres qu'il a et des livres qu'il tient pour eux, il parle des livres et de la consignation, et dit qu'il s'habitue et qu'il n'y a pas de souci à se faire pour lui, non il n'y a pas de souci à se faire, c'est ce qu'il dit. De là-haut il voit la mer, le dimanche avec l'autori-sation des maîtres il prend l'allée des terrasses et regarde la mer, il parle de la mer qu'il voit de là-haut et du contente-ment qu'on y trouve.

Ils disent qu'ils l'ont rencontré, qu'il a parlé de la consi-gnation et des terres où il est revenu, de la mer qu'il voit de là-haut. Parfois il demande des nouvelles de ceux d'ici. Il se souvient et dit encore les noms. Ce n'est pas qu'il ait rien oublié. C'est autre chose. Et ils ne savent pas dire. Ils parlent du pays, si lointain, ils parlent du temps, tout le temps depuis qu'il est parti là-bas, toutes ces années à présent. Mais ils le reconnaissent encore, ils disent qu'ils le reconnaissent, cette façon qu'il a de marcher, comme si ce n'était pas lui qui marchait mais quelqu'un d'autre. Ou de regarder quand il parle. Oui comme si quelqu'un d'autre marchait ou parlait à sa place.

Au port où ils vont chercher les nègres d'Afrique, il note les comptes avec les capitaines et les marchands, ce qui s'achète et se vend d'hommes, de sacs et de futailles, et aussi tout ce qu'il faut consigner du voyage et du temps du voyage, deux ou trois jours avec les mules et les chevaux jusqu'au port du Nord, de même jusqu'au port du Sud, et quand il pleut bien davantage, les bêtes glissent sur les chemins et peinent à franchir les ravines, il faut passer les ravines avec les bêtes, les sacs et les futailles, quand la rivière s'emporte ils s'arrêtent dans les auberges ils attendent que la rivière se calme, il consigne les dépenses de charrois et d'allées et venues, ainsi que le boire et le manger et les lits pour la nuit, la nourriture des mules et des chevaux, la carte de pain des charretiers.

Quand ils reviennent là-haut tous attendent, commandeur intendant et nègres des cuisines, et les femmes qui prennent le frais sur les vérandas. Ils font rentrer les sacs, les futailles, les pièces de toile, les indiennes et le coton blanc, et demandent qu'on mène au quartier des nouveaux les nègres d'Afrique, ils donnent les ordres puis remettent aux femmes sur les vérandas les cassettes avec les gobelets d'argent, les peignes et les gants, les houppes de cygne, la poudre à frimas, les boucles de cheveux. D'un coup la nuit est là. Ils disent que la nuit là-bas vient d'un coup, ils ne peuvent se faire à la nuit de là-bas.

Tout semblait aller, il semblait qu'il n'y eût rien à dire de ces jours-là, et s'il avait tant à faire et toujours davantage ce devait être qu'il apprenait le travail, il en allait ainsi de toute tâche quand on l'apprenait. C'est ce qu'ils comprenaient.

Quand les maîtres voulaient voir les listes ils l'appelaient et inspectaient les livres, ils disaient qu'ils n'étaient pas mécontents du travail et qu'il consignait avec le plus grand soin, qu'ils n'avaient jamais vu quelqu'un consigner avec autant de soin, et de souci de bien faire, cela ils le voyaient, ils le disaient. Et que si son idée était de consigner tout le temps qu'il pouvait comme cela semblait être, ils n'avaient eux rien à redire, si tant est, cela allait de soi, qu'il n'oubliât rien du reste qu'ils demandaient et qu'ils entendaient voir exécuter comme il convenait, à savoir visiter les cases, les jardins et les places à vivres, et chaque fois qu'il fallait chercher au bourg les outillages et les pièces de toile, les ferrements pour les hommes d'Afrique. C'était dire que le temps qu'il mettait à la consignation, et qu'il définissait comme bon lui semblait, ne devait en rien être soustrait de l'autre. Il en allait ainsi pour chacun et à chaque instant, aussi lui appartenait-il d'y prendre garde et d'y veiller tout particulièrement, ils y attachaient la plus grande importance.

Oui tout semblait aller, il s'agissait de consigner tout ce qu'il y avait à consigner et n'en rien omettre, ni des récoltes ni des recettes et des dépenses. Ni tous ces gens dans les cases qui n'en finissaient pas d'arriver et de partir, s'ils naissaient ou s'ils mouraient, et quand ils venaient d'Afrique le prix qu'ils coûtaient, ainsi que la somme de pain, de riz et de viande fraîche qu'il fallait quand ils tombaient malades, et toutes les purges, les poudres et les lavements. Il ne fallait rien omettre, pas même leurs disparitions dans les savanes et bois-fourrés et toutes sortes de leurs désobéissances que les maîtres réprouvaient, il fallait consigner la désobéissance et le châtiment qui s'ensuivait et si on ne les retrouvait pas, le mois et le jour de la disparition et encore si c'était à l'appel du matin ou à l'appel du soir.

Dans toutes les cases qu'il y avait il les comptait. Il n'y avait pas un jour qu'il ne les eût comptés et recomptés, une page où ne figurât un chiffre ou un nom biffé et dans la marge ceux qu'il ajoutait au fur et à mesure qu'ils arrivaient, parfois ils n'en finissaient pas d'arriver, et alors il fallait chercher les noms, autrement ils n'en avaient pas et personne ne pouvait les appeler, ni maître ni commandeur ni aucun des autres qui donnaient les ordres. Il cherchait les noms dans les almanachs, les dictionnaires, il consignait les hommes et le nom qu'ils avaient, et chaque fois que les maîtres les baptisaient et leur demandaient de prier Dieu pour le roi et pour Monseigneur le dauphin, et comment de retour aux cases ces hommes-là s'agenouillaient et priaient Dieu ainsi qu'on leur demandait. Valets, cuisiniers, servantes-cuisinières, confiseuses, négresses-accoucheuses, négresses-infirmières, de neuf à onze à la grand-case à quoi s'ajoutaient ceux des jardins, qui comprenaient ceux qui étaient nés sur l'île et les autres qui venaient d'Afrique, soixante ou soixante et dix les années où tout allait bien. Oui les années où tout va bien, les autres il ne fait que barrer les noms, c'est ce qu'il écrit, que l'on voit sur les pages des registres, les noms barrés les uns après les autres, et quand il a fini il retourne aux cases et s'assure qu'il n'a pas commis d'erreur dans les comptes et les noms, il retourne et compte à nouveau. Et alors il n'a plus assez de la journée pour la consignation, il y a des jours où il ne finit pas de consigner, il consigne bien après la cloche du soir et bien après le souper, il consigne jusque tard dans la soirée, et ce n'est que s'il reste du temps qu'il fait une lettre.

De plus en plus brève, de plus en plus rare, il commence une lettre pour elle, il dit qu'avec l'ouvrage qu'il a il ne trouve guère le temps de faire des lettres. Il écrit quelques lignes où il l'assure qu'il ne l'oublie pas, qu'il pense à elle comme il y a toujours pensé, et demeure son fils très dévoué, très respectueux. Et si le vent se lève il parle encore du vent, et s'il porte les pluies ou le ciel bleu, il souffle si fort et si longtemps que là-haut personne ne dort, il dit combien là-haut le vent empêche de dormir. Il parle du vent, et de toutes les misères qu'ils ont, une année c'est le vent qui souffle en tempête, une autre la terre qui tremble, tandis qu'à la plaine encore et toujours ils attendent les pluies, ils n'en finissent pas d'attendre, et le soleil brûle tout ce qu'il y a à brûler de récoltes, d'hommes et de bêtes. Il écrit que cette année encore ils souffrent des chaleurs et des moiteurs de l'air et ne peuvent trouver le sommeil. Ils ont eu l'été de Saint-Jean et sont restés trois semaines sans pluies, puis les pluies sont revenues avec les orages, et cela a été augmentant jusqu'à septembre où la foudre est tombée dans une armoire à la case du commandeur. C'est ce qu'il écrit, et la prie de ne pas lui tenir rigueur si à présent il n'a plus de temps pour faire les lettres, il pense à elle comme il y a toujours pensé et demeure son fils très dévoué. Si peu qu'il écrit il l'assure de son respect et de son dévouement, de la première à la dernière lettre il l'en assure.

Mais si elle se les fait encore lire et y répond encore, elle n'a plus guère de mots pour en parler, et quand on lui demande elle dit que le fils a écrit, qu'elle a reçu de ses nouvelles. Des nouvelles du fils elle en reçoit encore, mais elle n'en parle guère. Le plus souvent même elle se tait, et ce qu'elle pense elle est seule à le savoir. Alors quand le moment vient, elle le sait. Elle sait que pour lui le moment est venu. Et ce qu'il y a à comprendre elle le comprend, à tout le moins l'entend-elle comme il faut l'entendre. Oui quand le moment vient elle le sait. Elle sait que c'est ce moment-là.

Et ce n'est pas le temps qui passe, la prend tout entière comme ce qu'il a à prendre, de ce qui chaque jour se défait, et s'en va, quoi que nous fassions, les regards qui ne regardent plus rien et les bouches qui se fanent, se replient sur ce qu'elles n'ont pas dit et ne diront plus, ne diront jamais. Ce n'est pas le temps qui passe. Ce qu'elle sait elle le sait depuis le commencement, et depuis le commencement elle attend, et autrement que nous à guetter le soleil et la pluie ou la douceur des printemps pour nos raies d'avoines et nos grands blés. Ce n'est pas comme ça qu'elle attend. Ni comme on espère.

Matin après matin, nuit après nuit, et fallait-il que ce fût si long, et qu'elle ne fît que cela ? Que là dans le grand silence du coteau et des jours et des nuits, elle attendît comme nous la voyions attendre ? Elle jette encore l'eau sur les cendres des lessives et porte sécher le linge sur les ajoncs, taille la bruyère pour les petits feux, mais nous disons qu'elle est plus usée qu'une branche de bois mort, et qu'un de ces matins nous la trouverons toute défaite en cognant à son carreau. Oui faut-il tout ce temps ? et qu'arrive ce qui ne peut qu'arriver, et que soudain l'on comprend. Ce vers quoi depuis le début il va, droit devant de cette façon qu'il a d'aller, et rien ni personne ne semble pouvoir l'arrêter, il ne s'arrête pas, il ne s'arrête plus.

Aussi quand il dit que de là-haut il regarde la mer, et qu'il est inconcevable combien elle est bonne à regarder, ou que les nègres meurent en si grand nombre qu'il n'a pas assez de la journée pour consigner, elle ne s'en étonne plus, et bien qu'elle demande parfois pourquoi il parle autant de la mer et des nègres qui meurent, ce qu'il y a à entendre elle l'entend. Oui quand tout convient encore, elle sait ce qui arrive.

Alors où finit ce qu'ils demandent et commence de ce qu'il entreprend, si tant est qu'il entreprenne quoi que ce soit, personne ne peut le dire. Il y a ce moment où tout semble convenir comme parfois tout convient et d'un coup sans qu'on sache plus rien ne va et n'ira jamais plus. Il travaille autant qu'il peut et va partout courant avec les livres, disant qu'il est inconcevable ce qu'il y a à consigner, qui donc voit la différence ? Pour qu'ils s'en aperçoivent il faut encore le temps, que la nuit ils observent la lumière dans le petit logis, et tout ce qu'il finit par demander d'encre et de chandelles, oui il faut le temps, qui donc à ce moment-là l'observerait et s'en offusquerait, est-ce que seulement ils le regardaient, est-ce que jamais les maîtres observaient ces choses-là ?

Il faut qu'il y passe des nuits, et que le matin ils observent les pâleurs et la fatigue, et cela fait qu'une fois encore, là, dans la chaleur la moiteur de la saison, il en vienne à trembler comme il tremble, et ne plus sembler rien voir ni entendre de ce qu'on lui dit, alors ils disent que les choses ne sont pas comme elles doivent être, non elles ne le sont pas.

9

Et ce fut quand avec le temps qu'ils eurent cette saison-là, quand, avec les pluies sur les collines et ces brouillards sans fin, plus rien ne sembla devoir être comme avant.

Le vent du nord avait porté une petite pluie et de trois jours ils n'avaient vu le ciel, puis un matin les nuages étaient arrivés coulant sur les ravines et jusqu'au bas des pentes, enfouissant halliers et savanes sous la même brume, grise et moite et si lourde qu'elle étouffait jusqu'aux bruits, c'est à peine si le soir ils discernaient le fanal des voitures qui remontaient ou d'un morne à l'autre l'appel d'un muletier, les hommes qui rentraient des caféières ou de couper l'herbe pour les bêtes, ils mettaient le maïs sous la cendre, et sitôt le repas achevé s'endormaient près des brasiers.

Ils parlaient peu ces jours-là, évitant paroles et regards et guettant ce qui venait, comme sans bouger ni rien dire on guette et on attend le danger, ne s'entretenant que du temps qu'ils avaient, les brouillards qui ne se levaient plus, jour après jour ensevelissaient collines et savanes, ils disaient qu'ils ne voyaient plus le ciel ni la mer, ne les reverraient plus, ni rien du monde autour d'eux, ils disaient que ces temps-là ne présageaient rien de bon.

Alors ils avaient remarqué la lumière. Là, dans le petit logis près de la maison des maîtres, malgré qu'il eût fermé porte et contrevent, malgré la brume et tout ce gris sur les mornes, ils avaient vu la lumière allumée. C'est comme ça que tout avait commencé, quand une nuit sous la porte ils avaient vu la lumière. Une nuit et puis une autre et une autre encore, et d'abord chacun s'était dit qu'il avait tant à faire que le jour n'y suffisait pas, et que les maîtres avaient ordonné qu'il consignât la nuit. C'est ce qu'ils s'étaient dit, et que d'abord chacun pensa, que telle était la volonté des maîtres.

Mais la lumière dans le logis était une chose et les maîtres en étaient une autre, et bientôt les maîtres le faisaient appeler et avec le livre il prenait le chemin de chez eux, et alors il ne se trouva plus personne ni aux jardins ni dans les cases pour continuer à penser ce qu'ils pensaient, pour se dire que les maîtres avaient ordonné qu'il consignât la nuit, ni rien de ces choses extravagantes qu'ils observaient maintenant. Non plus personne.

Un matin un peu après que la cloche eut sonné, chacun le voyait vêtu de propre et portant chaussures, chapeau et toile de brin, prendre avec le cahier le chemin des terrasses, marcher d'un pas vif jusqu'à la grand-case, au bout de l'allée la véranda où les maîtres attendaient, où bientôt prenant le livre ils inspectaient ce qu'il y avait à inspecter de comptes et de consignation, tandis que lui les mains et le chapeau dans le dos se tenait là sans rien dire, attendant tout le temps qu'ils lisaient et tournaient les pages, à la suite de quoi ils posaient le livre et faisaient leurs observations.

Il travaillait et se donnait du mal, et ce n'était pas que les comptes fussent mal tenus, là-dessus ils n'avaient toujours rien à observer, toutefois et malgré qu'ils l'aient mis en garde, il consignait comme s'il n'avait rien eu d'autre à faire, il était inconcevable combien il consignait, des journées et maintenant des nuits entières. Oui quand bien même il avait déjà marqué et compté tout ce qu'il y avait à marquer et à compter sur l'habitation ou quand, avec la nuit il n'était plus question de rien faire dans ces cahiers, là tout près d'eux, gâchant le papier et la chandelle au lieu de dormir comme un honnête homme, il consignait encore. Il n'en avait jamais fini avec la consignation. Ils demandaient d'où venait cet entêtement et comment il osait, oui comment osait-il ? comme s'ils n'avaient eux les maîtres jamais rien fait observer, et n'avaient pas déjà attiré son attention sur ce qu'il y avait à faire et ne pas faire, et le temps que cela représentait, toute l'encre, le papier, oui n'en avait-il pas l'idée, n'avait-il pas idée de ces choses ?

Ainsi avaient-ils parlé ce matin-là tandis que la journée commençait et que les hommes quittaient les cours, et quand ils avaient rendu le cahier ils avaient demandé s'il avait bien compris quand ils parlaient, et il avait répondu qu'il avait compris et mettrait tout ce qui dépendait de lui afin de les contenter. Alors il repartait comme il était venu, du même pas hâtif et sans voir ni regarder personne, il retirait la chemise le chapeau et les chaussures, puis avec un petit cahier qu'il calait dans la ceinture, la gourde et le mouchoir de tête il gagnait les moulins et les magasins à café et se mettait à l'ouvrage, visitant et comptant tout ce qu'il y avait à visiter et à compter sur l'habitation et le marquant comme il fallait.

Et on aurait pu croire qu'ayant dit ce qu'ils avaient à dire, ils avaient conclu eux et lui cette affaire comme il convenait. Avec ces brouillards qu'ils avaient, qui jour et nuit et depuis si longtemps encerclaient les collines, chacun en venait à prendre l'ordinaire pour l'étrange, et penser des choses qui n'avaient pas lieu de l'être, ces temps-là ne portaient rien qui vaille et vous faisaient perdre le sens. Mais quand à nouveau ils observèrent ce qu'il y avait à observer, ce fut comme d'une chose inquiétante et singulière. Rien ne cessa, ni des brouillards ni des extravagances qu'ils remarquaient, et plus personne là-haut ne put ignorer ce qui arriva, non plus personne, car en réalité tout ne faisait que commencer de ce qu'ils avaient vu et entendu ce matin-là.

Oui ce matin-là et chacun de ceux qui suivirent. Tout le temps jusqu'au jour où il partit, où on le vit avec le petit et sa paillasse sur le dos franchir la barrière, et alors une autre saison aurait passé et il ne serait pas près de retourner là-haut. Chaque jour que Dieu fait il se rendait avec les cahiers à la grand-case où ils le faisaient appeler, on le voyait prendre le chemin des terrasses avec le chapeau, la chemise de brin et les chaussures qu'il avait pour partir là-bas, et ça faisait plus de vingt ans, allant droit devant sans regarder ni voir personne, si ce n'est au bout de l'allée cette véranda où ils étaient, où bientôt tournant les pages et posant les questions ils inspectaient le cahier, il se tenait là devant eux sans bouger ni rien dire, attendant qu'ils aient achevé la lecture et fait leurs observations, de loin on les voyait et on les entendait, chaque jour que Dieu fait, depuis les allées et les moulins et depuis les cases à nègres, et chacun guettait comme on guette ce qui arrive et ne peut qu'arriver, que des profondeurs d'une scène des hommes se poignardent ou succombent au poison, ou qu'au bout d'un champ une grange en ait fini de brûler avec ses bêtes, ses foins et ses récoltes, on attend la mort et le malheur et alors on ne sait plus si c'est pour y penser ou pour oublier, à dire vrai quand ces choses arrivent on ne sait plus rien de ce qu'il y a à savoir, on ne sait qu'attendre et regarder, et se demander s'il y a ici-bas rien d'autre que ces malheurs-là.

Ils redisaient ce qu'ils avaient dit les jours d'avant, ces phrases qu'ils faisaient à son intention et entendaient ne pas avoir à redire, arrangées, ordonnées pour lui, et martelées de la voix tandis qu'ils demandaient qu'il les regardât quand ils parlaient, les mains dans le dos il les regardait et répondait, de la même voix douce et basse et comme étouffée. Il disait qu'ayant eu hier tout l'ouvrage qu'il avait eu il n'avait pu venir à bout de la consignation, non il n'avait pu en venir à bout, quelle que soit la saison il y avait toujours autant, si ce n'est davantage, à consigner de bêtes, d'hommes et de récoltes. Ou bien c'était, disait-il, qu'il avait dû recommencer. Par crainte d'une faute ou d'une omission il fallait parfois reprendre les écritures, et cela fait recopier, par prudence il le fallait, le livre pouvait se perdre ou être gâté par les pluies et les temps qu'ils avaient.

Il parlait puis se taisait, regardant le sol ou par les portes derrière eux toutes les choses qu'il y avait sur les murs, les miroirs, les tableaux, et sur les tables les linges blancs, empesés, les vaisselles qui brillaient doucement, parfois même il tremblait, ils voyaient que des tremblements parcouraient les bras et les épaules, comme s'il avait souffert du froid ou attrapé une fièvre, et ils demandaient pourquoi il trem-

blait de la sorte. Tandis qu'ils tournaient les pages, souli-
gnaient et rayaient les mots, les lignes entières, de temps à
autre se levaient et marchaient autour de lui qui, baissant les
yeux, continuait à trembler.

Ils demandaient quelle était cette obstination, et cette
façon qu'il avait de faire, comme s'il n'entendait rien à ce
qu'on lui disait. N'était-ce pas, disaient-ils, défaut d'entende-
ment, était-il bien dans le cas de comprendre quand ils parlaient, car malgré les représentations qu'ils lui en faisaient il
consignait encore ce qui n'avait pas besoin de l'être, il consignait même de plus en plus de ces choses qui n'avaient pas
besoin de l'être, c'est pourquoi raturant et biffant et ajoutant
des mots dans les marges et des lignes entre les lignes, il n'en
avait jamais fini, et en venait à arracher les pages, ils observaient que des pages étaient arrachées, ce qui n'était pas dans
les habitudes de la consignation, jamais personne n'avait de la
sorte arraché les pages des livres, chez lui jonchant le sol on
voyait le papier arraché aux livres, froissé et tordu en boules
que le vent chassait au-dehors, sur les allées on voyait les
papiers et les boules que le vent chassait.

Chacun pouvait les voir et les entendre, de ceux que les
bateaux amenaient aux caféières et des autres qui étaient là
depuis longtemps, ils traversaient les cours et partaient aux
jardins et se demandaient ce qu'ils voyaient et entendaient là.
Sur la véranda, ne le quittant pas des yeux les maîtres qui
s'impatientaient et tapaient le sol du pied, ou des doigts le
bois des tables, et lui devant eux qui disait qu'il comprenait,
qu'il était dans le cas de comprendre quand ils parlaient, mais
comme sans doute ils savaient on ne pouvait toujours faire ce
qu'on voulait, si dévoué qu'on le fût on ne le pouvait tou-

jours. Ce n'était pas qu'il voulût causer du mécontentement, le ciel était témoin qu'il n'avait jamais eu l'idée d'en causer, ni à eux ni à quiconque, il les en assurait, c'est ce qu'il disait, et ferait en sorte de les contenter davantage.

Aussi rendaient-ils le cahier et disaient que c'était bien ainsi qu'ils l'entendaient et qu'il semblait en être venu à la raison. Il repartait comme il était arrivé, sans rien voir ni regarder, et si vite que personne n'eût songé à lui parler davantage ou le questionner sur ce qui venait de se passer. Le visage était le même et le regard porté sur les lointains, il allait du même pas rapide, longeant les murs et pénétrant dans les cases et les entrepôts où chacun le voyait s'affairer et rattraper le temps perdu, oui peut-être se disait-il qu'il rattrapait le temps.

Chacun pouvait voir et entendre, et la nuit observer qu'il consignait encore. Le soir dans les cases ils en parlaient, les hommes d'Afrique et les autres, et les vieilles qui faisaient les fagots et grageaient le maïs. La nuit tombait, ne faisait plus que tomber du matin au soir et du soir au matin, de derrière les montagnes et de derrière la mer, sans rien voir ils regardaient le ciel d'où venait la nuit, l'horizon très sombre d'où venaient les bateaux, ils faisaient les feux, avec un bâton ils étalaient les braises, le vent arrivait, il éparpillait les cendres sur les habits. N'était-ce pas étrange, ces mots ces gestes toujours les mêmes, et cet entêtement dont il ne semblait pouvoir se défaire, chaque jour il allait trouver les maîtres et leur présentait le registre, tandis qu'ils disaient qu'il était inconcevable tout ce qu'il écrivait, et lui répondait qu'il comprenait et n'avait pas l'intention de causer du mécontentement, ne l'avait jamais eue.

Ils avaient dit qu'ils allaient le priver de chandelles, et que sans chandelles il serait dans l'obligation de ne plus autant consigner, ils l'avaient privé de chandelles, mais la nuit on le voyait enfermé là-dedans avec sa lumière et tous les hannetons et les scarabées qui volaient autour, et dehors les boules de papier chassées par le vent, et c'était à se demander où il trouvait les chandelles et pourquoi il ne semblait plus rien redouter des maîtres ni de leurs sévérités, et si même il les entendait encore quand ils parlaient. C'était comme s'il avait été à mille lieues de là et ne pensait plus à eux ni à rien de ce qu'ils disaient, il y avait des jours où il laissait la porte ouverte et chacun pouvait voir la lumière qu'il faisait, et tous les hannetons et les scarabées qui volaient autour. Oui le fils, le dernier là-dedans avec sa lumière, cependant qu'au-dehors chacun voyait la chandelle trembler dans le vent qui se levait, et si l'on se mettait d'un côté on voyait l'ombre sur le mur, et de l'autre on ne la voyait pas.

Non ce n'était pas que le petit parlait, de cette voix qu'il avait, douce et chantante, cette langue étrange où de temps à autre dans un murmure, une sorte de chuchotement nous reconnaissions un mot, une phrase, ce n'était pas qu'il parlait. Ce qu'il y avait à entendre nous l'entendions, ce que là debout contre la porte avec ses murmures ses chuchotements et toutes ces feuilles qu'il lui donnait, il était en train de dire.

Que le fils le dernier ne s'était pas arrêté, il n'avait pu s'arrêter, il n'en avait jamais eu fini avec cela qu'on lui demandait, il y avait des choses avec lesquelles on ne pouvait en finir, jamais on n'en finissait. Là-bas ils avaient parlé d'une idée qu'il avait lui le fils, une de ces idées qui vous prennent et dont on ne peut se défaire, comme il en va parfois avec l'idée, un jour elle vient et plus rien ni personne ne vous en délivre. Oui une idée qui lui serait venue, c'est ce qu'ils avaient dit, et maintenant qu'il avait commencé il ne s'arrêterait pas, quand bien même ils le priveraient d'encre et de chandelles et feraient toutes les menaces et les interdictions qu'il y avait à faire, il consignerait chaque jour chaque nuit que Dieu fait, et chacun le verrait dans la lumière de la chandelle avec les hannetons et les scarabées qui volaient autour, et dehors sur l'allée poussés par le vent tous les papiers qu'il déchirait qu'il froissait.

Ils avaient dit qu'il ne s'arrêterait pas, qu'il ne pourrait s'arrêter, il y avait des choses comme ça avec lesquelles on ne pouvait en finir, ce n'était pas les occasions qui manquaient, commencer et ne plus s'arrêter, jour après jour répéter les gestes et les mots et tout ce qu'il y avait à répéter sur cette terre, comme les marionnettes et les pantins, ces figures de bois qu'on voyait dans les foires, n'y avait-il pas des hommes qui faisaient penser à ceux qu'on voyait dans les foires, comme si d'invisibles forces, d'invisibles commandements les faisaient aller, et on ne pouvait savoir qui ils étaient, des hommes ou des figures de bois, quelle que soit la façon dont on les regardait on ne le pouvait. Pas plus qu'on ne pouvait savoir qui étaient ceux qui donnaient le commandement, ces gens-là ne se montraient pas, il s'agissait de gens inconnus, de gens insoupçonnables, comme il y en avait partout autour de soi, dans les maisons dans les rues, ils allaient leur chemin et disaient bien le bonjour et bien le bonsoir et personne ne soupçonnait rien, non personne ne soupçonnait rien. La nuit chacun voyait la lumière et les hannetons et les scarabées qui volaient autour, et se demandait qui donc il était, s'il mangeait et dormait et s'il en allait de lui comme de tout un chacun, homme ou bête, qui naissait et mourait sur cette terre. Il allait faire l'eau au puits et le soir allumait le fourneau, quand l'île tremblait et qu'un ouragan la traversait il priait le ciel qu'elle ne disparût point dans la mer, mais ces choses-là avaient-elles jamais rien voulu dire? comme ces dimanches où on le voyait partir sur la savane, le dimanche ils observaient qu'il s'éloignait des maisons et partait sur la savane, c'est ce qu'ils avaient dit, qu'ils le voyaient s'éloigner vers la savane ou plus bas jusqu'aux ravines. Et alors s'il allait par là ce n'était pas pour trouver une femme. Non ce n'était pas une femme qu'il allait trouver derrière toutes ces haies et toutes ces broussailles. Si lui le fils, le dernier des garçons s'en allait tout seul dans ces coins-là c'était pour se coucher sur la terre et la travailler tant qu'il pouvait. La terre douce et tiède et accueillante qu'il travaillait de son ventre, de son membre qui durcissait et fouillait tout ce qu'il y avait à fouiller. Ils disaient qu'il allait fouiller la terre, la fouiller la sarcler tant qu'il pouvait, jusqu'à ce qu'il retombe en tremblant, et personne ne sait s'il rit ou s'il pleure, non personne ne sait. C'est ce qu'ils disent. Ils parlent de ceux qui sont si seuls que le dimanche, des après-midi entières ils vont trouver la terre et la travaillent comme ils feraient d'une femme.

Quand nous regardions par la fenêtre nous ne savions où

était le ciel où était la terre, il n'y avait que le gris, et ce silence très grand. Le petit n'avait toujours pas bougé, s'était à peine éloigné de la porte avec ces feuilles qu'il lui tendait et qu'elle rangeait dans le tablier, tandis que de l'autre main il montrait encore la clairière, il n'en finissait pas de montrer la clairière, derrière elle derrière le mur dans le taillis du bois cet endroit qu'elle ne pouvait voir, qu'elle n'avait jamais vu, mais que maintenant elle regardait comme s'il était là sous ses yeux, avec la cabane et le porche et les deux belles colonnes, puis derrière tout ça, derrière le bois, derrière la mer qu'il y avait plus loin, toutes les îles, les caféières et les champs de canne, oui peut-être bien qu'à présent est-ce là ce qu'elle voyait, ce qu'elle n'en finissait pas de voir.

Lui le fils, le dernier des garçons, avec le chapeau, la chemise de brin et les chaussures d'il y a vingt ans, et le soir il lave chemise et chaussures pour la convocation du lendemain, c'est ce qu'on lui dit, qu'il y a à comprendre, que le petit voit, le soir, chaque soir, le fils qui lave, nettoie les habits et les chaussures pour le lendemain où le livre sous le bras il se rend à la convocation, et chacun l'observe et rapporte qu'aujourd'hui encore cet homme-là se rend à la convocation et va montrer le livre. Tandis qu'eux interdisant encore et encore et le dimanche confisquant l'encre et les registres, ne le chassent toujours pas, comme si c'était une habitude qu'à leur tour ils prenaient, eux et chacun des autres qui regardent, oui une habitude qu'ils auraient maintenant, chacun d'eux, comme de voir sur leurs allées une marionnette ou une figure de bois, un pantin misérable qui ne pourrait se défaire d'un commandement qu'il a reçu, le rejeter comme le corps rejette ce qui ne lui convient pas.

Oui, quand l'étrange est que tout recommence et qu'ils le savent, ne s'y font-ils pas, comme à ce qui convient ? Un jour sans qu'on s'y attende les choses arrivent, portées comme par une marée très profonde, des mers qui sans se lasser battent les rivages et jettent là tout ce qu'il y a à jeter, et alors c'est comme si tout existait depuis toujours. Avec le temps on s'y fait, on ne s'étonne plus de rien, ni des hommes dans les foires ni de ceux qui leur ressemblent, et quand la mort les prend chacun est là, dans le même et dernier geste, le même et dernier regard. Pour toujours il consignera dans un cahier, marquant et marquant les mots sur les pages, puis marchera sur une allée pour leur porter le cahier, et eux ils ouvriront le cahier et feront leurs observations, cependant que les autres, tous les autres dans les cases et les ruelles, toutes les cases et toutes les ruelles de la terre seront là à regarder ce qui se passe et demanderont pourquoi tout toujours recommençait, et s'il y avait un mot pour désigner ces choses-là.

Ils ne voyaient plus que les brouillards sur les pentes et le gris des jours et des nuits, un matin le brouillard se lèverait et découvrirait le monde figé, pris dans des toiles innombrables, un cristal, un gel qu'aucun soleil ne ferait fondre, et eux dans le même dernier geste, le même dernier regard. Oui c'est ainsi que la mort les prendrait, comme l'oiseau fauché en plein vol, immobile les ailes grandes ouvertes dans l'horizon.

10

Et qu'à nouveau personne, pas même lui, le fils, ne sût le temps que ça avait duré, ça n'était jamais que l'ordinaire. Et un peu plus de trouble et de désarroi, de cet égarement qui le fait aller. Le temps que ça dure, et qu'ils donnent l'encre et le papier, puis après, et personne ne sait où ni comment, tout le temps qu'il s'en procure, jusqu'à ce qu'il s'en aille et reprenne sa marche, ce qu'il peut reprendre de marche, et qu'un jour on les voie ici avec leurs planches et la brouette. Les dernières pages de la consignation portent leur date, mais rien ne dit où ni comment il en vient à les faire. Oui le temps que ça dure, et que tout se ressemble, les mois, les semaines, les saisons. Qu'il demeure chez eux et consigne comme il fait, puis qu'un jour il en soit congédié, et qu'un autre encore, rien ne dit comment, se retrouve sur un des bateaux qui font la traversée et reviennent ici avec leur charge d'indigo, de café et de tabac, à nouveau il va droit devant, de cette façon qu'il a toujours eue, sans paraître hésiter ni rien demander. Comme vont ceux qui ont à faire ou ayant appris un rôle le jouent du premier jour au dernier, et c'est comme s'ils n'avaient jamais fait que cela. Un jour de la même façon qu'ils ont donné les livres ils les reprennent, et ce jour-là il se présente pour la dernière fois devant eux, et ça vient après la nuit où pour la dernière fois il consigne.

Et il doit bien le savoir. Ce matin-là tandis qu'il prend l'allée et leur porte le cahier, il doit bien savoir que cela se ressemble, ne fait que se ressembler, et plus tard tandis qu'il rassemble son bagage de dessous les bois de lit, le peu d'habits qui restent, les souliers, la souquenille et la culotte de cadis. Oui tout le temps passé et les mois les années qui viennent, et d'errer comme il fait. Une seule et même journée, sans repos, sans sommeil, un soir et un matin toujours les mêmes, entre lesquels ce qu'il y avait de nuit ne serait jamais qu'un peu plus de fatigue, un peu plus de tristesse, et plus tard quand il arrive ici cet autre très long jour, de gel et de pluie, de cette route, ce chemin où l'on dirait qu'il marche sans avancer, qu'il marche immobile et de tous ses pas, de toute sa hâte d'arriver.

Il part, un soir de décembre il redescend les mornes, tout ce qu'il peut redescendre de mornes et de jardins à café pour la plaine où le soleil brûle, lui, le petit et la chienne qui suit, il monte sur le bateau et il s'en va, et le jour vient où il entreprend la cabane puis l'ayant achevée le jour où il prend le temps de la contempler, les deux belles colonnes de bois clair et l'allée qui mène là, le pan de ciel entre les arbres. Si peu qu'il dure il y aura ce moment, et alors il se mettra à mourir.

Ils disent qu'ils reprennent les livres et demandent qu'il s'en aille, il procède aux dernières consignations, consigne au 29ᵉ jour de décembre de l'an 1783 pour 900 livres de faïence d'Angleterre et 3 barriques du vin ordinaire de Bordeaux, de même que la batiste, la toile de Fougères et l'aune de ruban noir, et pour les fêtes les souliers de soie les mousselines les taffetas et les maîtres de danse, notant la marchandise et que les prix en avaient considérablement augmenté, puis s'agissant des nègres dans les cases combien ces derniers temps ils étaient à naître et à mourir, et ceux à qui les brouillards avaient encore porté les fièvres.

Puis cela fait il entreprend une lettre, il dit qu'il fait une lettre, la dernière, il informe la mère de son état et qu'en ce jour 29ᵉ de décembre il se dispose à partir et arrange son bagage. Il écrit, dit-il, la dernière lettre de là-haut d'où il s'en va, pendant plusieurs jours il l'écrit, il pleut, il n'en finit pas de pleuvoir, quand la pluie s'arrête il voit briller les maisons et les terrasses et toutes les lumières, il entend les voix les rires, les musiques, et dans les cases ceux qui soupent du jambon qu'ont donné les maîtres, ordonnant qu'ils rient et chantent et s'amusent comme il se doit. Il écrit qu'il part, qu'il partira sitôt que cesseront les pluies et pour lui la peine que c'est, que ce sera toujours. C'est ce qu'il écrit, et que là-haut on n'a plus besoin de lui, mais en bas il trouvera du travail, il dit qu'à n'en pas douter dans la plaine lui le fils il trouvera du travail, et qu'elle n'a pas de souci à se faire, elle n'a de souci à se faire de rien. Le fils trouvera de l'ouvrage, peut-être même trouvera-t-il des terres, peut-être y avait-il encore dans la plaine des terres qu'on trouvait, oui peut-être y en avait-il encore. Ma bien chère mère, à l'heure où je vous écris il pleut par orages et c'est, hormis les ouragans, le plus vilain temps qu'il nous ait été donné de voir. Si je m'efforce de vous représenter la situation où je suis, c'est afin que vous ne trouviez pas mauvais que j'aie une fois encore à tout quitter. Soyez assurée que je mets tout ce qui dépend de moi pour conclure cette affaire comme il convient. Aussi dois-je à l'instant prendre congé de vous et faire l'eau au puits, et voir si les chevaux qui hier se sont sauvés sur le morne ont été retrouvés. Il signe son fils très dévoué.

Ils partent ce soir de décembre, eux deux et le chien qui va derrière. Du côté des cases quand ils quittent l'allée ils entendent la musique d'un violon, un nègre qui joue du violon tandis qu'il siffle, ils entendent le nègre siffler et jouer du violon et la musique qui arrive avec le vent, par bouffées la musique que le vent porte jusqu'aux jardins, jusqu'aux barrières qu'ils passent, fraîchement peintes de blanc les barrières qui séparent des savanes — est-ce ce jour-là, ou plus tard et plus loin, qu'ils entendent un nègre jouer du violon, il nous semble qu'il ne fait plus que parler du nègre et de son violon, là dans tous ces papiers avec les lettres pour elle, les dernières qu'il faisait, le nègre qui jouait du violon et plus loin une femme qui pleurait.

Oui les dernières lettres, avec celle écrite du bateau et une autre encore qu'il a dû faire à la cabane, le papier n'est pas le même et il écrit au crayon. Toutes ces feuilles, ces liasses que maintenant on vient lui porter, à elle qui ne sait pas lire, qui n'a jamais su et alors elle tend la main le bras, et les unes après les autres les prend et les range dans la poche du tablier, les bouts de papier, de pages arrachées aux registres au dos desquelles il marque comme autrefois les savanes et les bourgs qu'ils passent, ou bien commence une lettre, de celles qu'il fait encore, et ne prend même plus la peine d'envoyer. Sur la feuille même où s'alignaient les listes et les comptes, les jours et les semaines et toutes ces saisons où ils attendaient que la terre s'ouvrît, ou que par la mer leur arrivât une de ces tempêtes qui ensevelissaient bourgs et savanes, sur la page même d'un registre qu'il a emporté il commence une lettre, et alors tout se mêle des chevaux qui se sauvent sur les mornes, des nègres qui meurent des fièvres, et du dévouement et du respect qu'il prend toujours la peine de lui écrire, tout se mêle et on ne peut dire si c'est une lettre qu'il a commencée ou une page de la consignation, on ne le peut.

Ils partent, ils passent les barrières et descendent tout ce qu'il y a à descendre de bois de futaies et de savanes, et jusqu'aux ravines du bas qui roulent les herbes et les boues, dans le soir qui tombe ils entendent les voitures qui rentrent avec les lianes, les herbes pour les bêtes, elles glissent sur le chemin ou bien une bête s'échappe dans le bois, ils entendent qu'on crie après la bête échappée dans le bois, ils voient la fumée des feux, le noir gagner le ciel, le soir tandis qu'ils avancent vers la plaine, vers la mer qui brille tout en bas, à travers bois et savanes refaisant le chemin d'autrefois, marchant jusqu'à la mer qu'ils voyaient de là-haut, bientôt il n'y aurait plus que cela, la mer qu'ils voyaient de là-haut, là dans la grande chaleur, le brillant de la mer, l'infinie lumière des plaines qui y menaient, notant les bourgs et les quatre-chemins, les mornes qu'ils descendaient, les noms, toujours les mêmes, Grands-Fonds, Limbé, Jérémie, Léogane, le Port-au-Prince, s'ils ont le temps ils vont au jardin du Roi voir les roses de Chine, le cèdre de Havane, c'est ce qu'il écrit, à

Jacmel écouter la mer, l'eau qui roule sur les cayes. Il note les noms, les mêmes, les répète, marchant, ne faisant que marcher droit devant, comme s'il ne savait que cela, aller droit devant, et aussi loin que la plaine allait, ils passent les postes aux chevaux, les moulins où l'on bat l'indigo, ils vont vers la mer et les grands champs de canne, le soleil revient et le ciel bleu. La mer qui scintille.

Ce doit être janvier, février, le commencement de l'année, puis toute une saison de Carême comme là-bas ils en ont dans la plaine, il le dit, il dit que pendant toute une saison dans la plaine ils souffrent du soleil, chaque matin chaque soir, et que la chaleur est extrême. Et le temps il n'a pas besoin de le compter, il l'a et plus qu'il n'en faut, de descendre les collines et traverser les plaines jusqu'à la mer, avec le petit il va vers la mer qu'on voit de là-haut, ils dorment sur les savanes. Le temps ils l'ont, et le matin de repartir sur les chemins, les talus qui sentent l'orange et le campêche, ils voient les hommes tailler les haies et les charmilles, peindre les murs, les barrières, passé les acacias la terre devient blanche et sèche, brillante de cailloux, ils marchent sur les cailloux, la terre blanche et sèche, jusqu'aux marécages, jusqu'au vert des mangles. Il en parle. Il l'écrit.

Parfois il ouvre le livre, il dit qu'il n'est pas achevé et que ce n'est pas là le propre d'un livre, il consigne dans le livre, il dit qu'il y a encore des choses à consigner.

Le temps il l'a, il l'a toujours eu.

Et faut-il qu'avec la mémoire reviennent toute l'ombre et le gris et le froid de nos vies ? et cette stupeur le jour où il faut comprendre ? Faut-il que tout soit si long ? Qu'il s'en aille plus de vingt ans et revienne, et que toute une année passe encore où on le voit avec ses planches sur le dos, alors il se met dans ce taillis avec la cabane autour de lui et il n'en sort plus si ce n'est pour que nous le portions dans la falaise, lui le fils que nous ne reconnaissons pas, tandis que le petit ne dit toujours rien, ce n'est que plus tard avec la neige qui reprend qu'il vient la trouver, nous ne pouvons oublier la neige et le petit quand il monte par le chemin creux, qui demande ceux des fermes et si par hasard la mère est encore par ici, et alors il est là dans le jour de la porte, aussi frêle aussi gris que la fois d'avant. Oui faut-il que ce soit si long ?

Une fois encore le fils va son chemin, sans rien dire ni demander, il ne fait, n'a jamais fait qu'aller son chemin, et rien ne change, ne fait de différence, rien n'en fait jamais. C'est ce qu'elle sait, ce qu'elle se dit tandis qu'elle attend, qu'il n'y a de différence entre rien et rien, naître et mourir, peiner tout le jour que Dieu fait puis le matin recommencer, tout toujours recommencer. Ou être là un soir d'hiver à ne plus rien sentir ni penser, tout raide tout froid sur une paillasse.

Faut-il que le temps soit si long, et qu'elle attende comme elle fait ? que là dans le grand silence du coteau, et des jours et des nuits, elle attende de la sorte ce qui arrive et vers quoi depuis le début il va, ce chemin qu'elle lui fait prendre et qu'il prend jusqu'au bout, certain qu'il n'y en a pas et n'y en aura jamais d'autre.

Et c'est ici que le chemin finit, tout près d'ici, de cette masure où un soir d'hiver dans ses hardes dégouttant de neige le petit vient l'entretenir des hommes que les rivières emportent, sauvages violentes les rivières à quoi on ne peut résister. Là dans tout l'hiver et tout le gris, cet endroit qu'il montre où elle n'est jamais allée, où quand le fils revient il bâtit la cabane, aussi loin qu'elle l'envoie il revient, et il n'est pas à deux lieues de chez elle, de la masure où on vient lui porter tous ces papiers. Et elle n'en a jamais vu autant, qu'elle prend, debout contre la table, petite et frêle et plus usée qu'une tige de bois sec, les uns après les autres elle prend les papiers et les range dans le tablier, les papiers de la consignation, qui disent les grands secs et toutes les pluies qu'il y a là-bas et la mort des nègres, les jours les nuits où tout recommence et les scarabées les hannetons qui volent dans la lumière.

Le petit n'a pas bougé, il s'est à peine éloigné de la porte, il se tient là dans la pénombre, dans le soir qui descend, et c'est à peine s'il parle, s'il dit ce qu'il sait, tout ce temps où il voit le fils consigner, il ne fait plus que consigner, tandis que le vent se met dans les arbres du haut sifflant sur les toits cassant les branches, et c'est la pluie qui commence, qui ne finit pas, là-haut il ne fait que pleuvoir, ou encore un ouragan qui prend par le ciel et alors la terre tremble, se met à trembler. Oui les mois, les années et les jours où tout recommence. Tout le temps où ce fils-là consigne, tout le temps où il écrit dans les cahiers, et qu'à la fin, lui l'enfant, le petit qui ne le quitte pas, il s'endorme, forcément il s'endort, sans que l'autre ait parlé, sans qu'il ait rien dit de ce qu'on dit le soir dans les maisons, dans les masures, tout ce qui a des murs et un toit, une cheminée où l'on fait le feu. À moins qu'à son tour il n'ait affaire avec les livres, qu'à son tour, il n'ait lui l'enfant, le petit mulâtre, à copier et recopier ce qui se trouve là de listes et de comptes, le dimanche ou le soir tandis qu'ils entendent le vent et la pluie et toutes les branches sur le toit, lire avant de dormir une page ou deux, et quand la page est lue faire les lignes d'écriture, à côté du fils copiant les pages, à longues lignes copiant et recopiant les grands secs les ouragans et la terre qui tremble ainsi que la mort des nègres, formant les pleins et les déliés et à voix basse disant les phrases, les murmurant, ils entendent le vent et les branches battre le toit, le bruit de branches contre le toit cependant qu'il copie, à longues lignes recopie la mort des nègres, la murmure, la chuchote encore et encore. Pour ce qui est marqué dans les livres, pour ce qui est de la consignation il en sait quelque chose, et le matin quand il se lève l'autre, le fils, est encore là, et quand on lui dit de s'arrêter il ne s'arrête pas, il ne s'arrête jamais. Tout le temps qu'il y a de jour, puis à la lumière des chandelles qu'il allume les unes après les autres, c'est-à-dire tout le temps qu'on lui donne des chandelles.

Maintenant que ce fils-là a commencé il ne peut s'arrêter. Il ne s'arrête pas, il ne s'arrête jamais, c'est ce qu'à présent on lui rapporte, dans les murmures, les chuchotements et les regards qui se détournent, dans tout ce gris et ce froid de l'hiver, à propos du fils le dernier, celui qui est parti, qui sans fin écrit dans les registres et rien ni personne ne peut l'en empêcher, la nuit chacun voit la lumière et les hannetons et les scarabées qui volent autour, et chacun l'observe et se demande qui il est, c'est ce qu'on vient lui dire dans le froid de l'hiver, dans le peu qui reste de jour, que ce fils-là est comme un pantin, une de ces mécaniques qu'on voit dans les foires et qu'on ne pourrait plus arrêter, qu'il y a des choses qu'on commence et à quoi on ne peut mettre fin, comme le jour qui se lève et le soir qui tombe, ils donnent les livres et il exécute ce qu'ils demandent, lui le fils, il l'exécute, avec sa conscience et son envie de bien faire, si bien qu'un jour il ne peut plus s'en dispenser, non il ne le peut. Alors ils l'appellent et demandent à voir les livres, et toute une saison il se tient là devant eux qui regardent les livres et font leurs observations.

L'enfant rapporte qu'il y a des hommes qui ne s'arrêtent pas, ils ne s'arrêtent jamais, là devant elle c'est ce qu'il fait comprendre, et on ne sait qui sont ces hommes-là, des hommes ou des figures de bois qu'on voit dans les foires, quelle que soit la façon dont on les regarde on ne le sait, c'est ce qu'il dit. Que ces hommes-là recommencent, ne peuvent s'empêcher de recommencer ce qu'on leur a demandé de faire. Les mots, les phrases et le reste qui va avec, les gestes, les regards et tout ce qui s'ensuit. Jusqu'à la fatigue, la grande lassitude et les nuits à ne pas dormir, oui ce doit être la fatigue, comment ne serait-ce pas la fatigue, il est là depuis longtemps à présent, sur le même chemin, la même interminable route où chaque jour mettant ses pas dans ceux de la veille il va droit devant. Ce doit être ce qu'il se dit, il doit y avoir ce moment où le fils se dit qu'il est là depuis longtemps, où la fatigue se fait sentir, l'ennui, la grande tristesse. Tandis qu'il recommence, ne peut que recommencer. Et nous savons bien ce que cela veut dire, nous savons bien ce que c'est que ne rien vouloir de ce que nous faisons et disons, et à la fin nous n'en pouvons plus de tristesse, nous crions dans la nuit, toutes les nuits très noires, les nuits de brouillard et de neige, et plus personne non plus personne n'entend. Nous savons bien, et nous nous demandons où finit l'habitude et où commence cette chose-là, qui fait si peur et nous tient d'aussi près que nos ombres, nous nous le demandons. Oui, où donc et comment faut-il que nous le sachions ?

Tandis que recommençant, ne pouvant que recommencer, là devant eux c'est peut-être encore elle qu'il entend, elle qui parle depuis le commencement, comme autrefois quand il ne sait pas encore ce que c'est qu'un registre, quand il n'est pas encore venu là où de la voix elle disait d'aller, avec ces mots toujours les mêmes, et les silences et les dos tournés, jusqu'à ce qu'il finisse par ne plus rien entendre ne plus rien savoir, si ce n'est le bruit que font les mots, les paroles qui se perdent dans un remous, un fracas étourdissant, que de plus en plus puissante la rivière coule et l'entraîne, il la voit il l'entend roulant autour de lui ses eaux puissantes et sauvages, depuis le commencement la rivière qui l'emporte avec les bêtes et les bois morts et tout ce qu'elle a à emporter, quand il n'y a rien il la voit il l'entend, et alors il se dit qu'il est là depuis longtemps, que maintenant ça fait bien du temps qu'il est là lui le fils, il ressent cette fatigue et ce froid qui fait trembler, là dans la grande, l'insupportable chaleur, ce froid dont il souffre.

Nous voyions les yeux pâles, transparents qui luisaient dans la pénombre, doucement, calmement comme le feu qui s'éteignait, le regard pâle et brillant, dilaté sous les larges paupières grises. Là devant nous, dans ses habits mouillés, toutes ces vieilles laines roulées autour de lui, si peu qu'il parlait il racontait l'histoire, nous étions assis autour d'elle contre le feu, nous entendions le vent qui reprenait, et les derniers bruits dans le taillis, et parfois nous posions une question, à propos des livres et des papiers et des maîtres qu'il y avait là-bas, et du temps que c'était, oui si lui le petit savait le temps. Dans l'ombre nous voyions briller cette pâleur, cette nacre pâle, les yeux que maintenant il levait vers nous, maintenant il nous regardait, l'un après l'autre et elle pour finir, il la regardait, il n'en finissait pas de la regarder.

L'histoire il n'avait besoin de rien dire pour que nous l'entendions, il pouvait rester là debout contre la porte à garder ses mots, murmurer et chuchoter tant qu'il pouvait, ne rien faire que répondre d'un oui ou d'un non au peu de questions que nous posions, il pouvait le rester, cette nuit-là et d'autres encore, jusqu'à tant qu'il devînt pierre ou souche ou l'un de ces baliveaux du chemin par où il était venu. Il n'y avait plus besoin qu'il parlât, il n'y avait plus besoin de rien, pas même que plus tard elle se fît lire les papiers qu'il donnait et qu'elle rangeait les uns après les autres dans la poche du tablier. Là devant elle dans ses habits dégouttant de neige, à murmurer et chuchoter dans ce langage qu'il parlait où parfois nous reconnaissions une phrase ou le bruit que faisait un mot, sans plus bouger qu'une statue, grise et rêche comme le bois, la pierre où elle eût été taillée, tout entière faite de froid, d'hiver et de gel, murmurant et chuchotant tout ce qu'on ne

pouvait jamais que murmurer et chuchoter, à moins que parfois on ne pousse un grand cri, et alors chacun entendait et
demandait pourquoi l'on criait et ce que c'était que ce cri.

Ce qu'il avait à dire il lui disait et mieux que quiconque, et
à notre tour nous comprenions, nous comprenions ce qu'il
en était des hommes que les rivières emportaient avec les
bêtes et les bois morts. Tandis qu'elle prenait les papiers et les
mettait dans le tablier, puis de ses mains maigres croisait et
décroisait le châle sur la poitrine, debout contre la table,
petite et frêle et plus usée qu'une tige de bois sec, et pour la
voir ce n'était pas la peine de la regarder, les yeux fermés,
dans la nuit la plus noire chacun aurait pu la voir et ne pas
l'oublier, prenant recevant les papiers, les pages qu'il montrait, toutes les pages, tous les registres et toutes les clairières,
et toutes les cabanes que personne ne voyait et où un jour on
se mettait, là tout à côté, le fils et d'autres comme lui qui ne
venaient rien dire, qui ne disaient pas qu'ils revenaient, et se
mettaient là dans une cabane tout près, au plus près qu'ils
pouvaient être. Le petit montrait la désolation du soir
d'hiver, de tous les soirs d'hiver, lui disant à elle, venant lui
dire qu'après avoir cherché les terres comme il les avait cher-
chées puis consigné dans les registres, le fils, le dernier des
garçons revenait, dans le même élan, la même interminable
marche, il revenait et mourait au fond du taillis, tout près
d'elle, dans une cabane qu'il fabriquait.

Ce n'était pas le peu qu'il disait, c'était ce qu'à le regarder,
lui l'enfant, nous comprenions, comme nous n'avions jamais
compris quoi que ce fût, de ceux que les rivières emportaient
et des choses qui n'avaient pas de fin, et que ce que nous
étions là à regarder et à entendre, dans tout le soir et tout le

gris de l'hiver, ce n'était rien d'autre que le temps. Là devant nous sur ces lettres et ces pages arrachées aux registres c'était le temps qu'il lui montrait, d'un grand geste de sa main pâlie par le froid, la main engourdie qui tendait, brandissait ce qu'elle avait à tendre et à brandir. Le temps qu'il avait fallu pour que tout cela arrivât, et que sans rien dire, de la main et du bras tendus l'enfant désignait, comme si hormis veiller les morts et venir trouver les vieilles dans leurs maisons les soirs de neige il ne connaissait et n'avait jamais connu que ça, montrer les pages et les mots écrits sur les pages, et les clairières et les cabanes dans le taillis des bois, et aussi le temps qu'il fallait pour que cela arrivât, tout le temps depuis le commencement. Oui ce geste vers elle par quoi il disait ce qu'il était venu dire, et qu'elle attendait qu'on lui dît, le temps et ce qu'ils en savaient, eux qu'une vie entière séparait, et des mers et des océans et plus encore, des siècles, des mondes inconnus à jamais, le temps et les fleuves fous qui roulaient leurs eaux sauvages et violentes, et tout ce qu'il fallait de jours, de mois et d'années pour en arriver là, et alors un jour on se disait que tout ça avait assez duré, on ressentait cette fatigue très grande, ce froid qui faisait trembler, là dans la grande chaleur ce froid dont on finissait par souffrir.

11

Il s'en va. Une dernière fois il traverse l'île. Avec l'enfant et la chienne qui suit, il traverse l'île, les plaines, les grands champs de canne, ils vont vers la mer qu'ils voyaient de là-haut. Vers le port où il y a les bateaux, le port du Nord, le port du Sud, on ne le sait pas. Il revient, se disant sans doute qu'il revient, que l'île maintenant il la quitte, ayant suffisamment marché, suffisamment consigné dans les registres, et fait comme il convient ce qui était demandé, oui comme il convient, comme jour après jour et plus encore on acquitte un dû, une promesse. Une dernière fois il traverse les champs de canne, la fournaise des plaines, au loin maintenant ce sont les collines qu'il voit, les mornes où il pleut, où en avril fleurit la fleur de café et de là-haut tout en bas on voyait la mer, il y avait des jours où elle brillait dans le soleil, scintillait de tout son bleu, oui sans doute parle-t-il de la mer que les jours de ciel clair ils voyaient de là-haut.

Si loin qu'elle l'envoie le fils revient, il refait le voyage. Et c'est quand un soir il se trouve avec le petit du côté des bateaux, quand ayant redescendu les mornes et traversé la plaine jusqu'à la mer ils se trouvent un soir, eux deux et le chien, parmi les bateaux qui partent. Sur la darse où ils sont ils voient le bateau qui s'apprête à partir, et dans les chaloupes les hommes avec les sacs et les futailles, il dit qu'ils pourraient monter sur ce bateau-là et s'en aller, lui et le petit, traverser la mer, ils tiendraient les cahiers, ils feraient les comptes ou autre chose qu'il faudrait, tout le temps de la traversée ils travaille-raient de sorte qu'ils acquitteraient ainsi le voyage, oui ils s'acquitteraient du voyage, c'est ce qu'il dit, et que ce serait bien de la bonté si sur ce bateau on voulait d'eux.

Il revient, il écrit qu'il revient, qu'à nouveau il traverse la mer les océans, il parle des vents contraires et du temps qu'il faut pour être ici, cette lettre-là une des dernières c'est pour parler du voyage très long, encore plus long que le premier, encore plus difficile, les fièvres se sont mises sur le bateau et on jette les hommes à la mer, on les jette aux vagues dans des sacs avec de la terre qu'on y met, les hommes meurent, ils sont malades de tous les maux qui existent depuis que la mer est mer et les bateaux ne sont que puanteurs, eaux croupies dans leurs bailles et cris de vaches, de truies pleines et de poules devenues folles. Oui cette lettre-là, la presque der-nière, c'est pour parler du voyage terrible et des marins qui attendent le vent, qui au plus loin des mers jurent qu'ils ne feront plus jamais voile.

Et quand ils arrivent tous les deux on les voit ici dans les rues et les ruelles et du côté des entrepôts, on ne sait quand ils arrivent, mais un jour au commencement du printemps on les voit par ici, au premier printemps quand l'ajonc fait ses fleurs, ce doit être au printemps, nous nous souvenons de l'ajonc qui fleurit et par bouffées, par grandes et douces vagues, de l'odeur d'aubépine sur tout le coteau.

Oui si loin qu'elle envoie le fils il revient. Mais ce n'est pas pour monter la trouver, se tenir là devant elle après tout ce temps, toutes ces années où ils ont été séparés. Il ne vient pas la trouver comme on pourrait le penser, et dire ce qu'on dit après tout ce temps, ces si longues années, qu'il est de retour et demeure son fils très dévoué très respectueux qui ne l'a pas oubliée et qui est là maintenant devant elle, venu tout exprès la saluer et lui faire savoir de ses nouvelles. Quand il revient ce n'est pas ça qu'il fait, aller la trouver ou la prendre dans ses bras, ou même lui faire savoir son retour. Quand il revient il cherche la clairière, là-haut sur le coteau à pas même deux lieues d'ici la moitié de moitié d'arpent qu'il faut pour la cabane, et il demande si là-haut il n'y aurait pas un bout de taillis, un bout de terre dont personne n'aurait l'usage.

Et personne ne le reconnaît et comprend, se disant que c'est lui le fils de la Gertie, le dernier, qui revient après une si longue absence et bâtit on ne sait pourquoi une cabane dans le taillis, on ne sait pourquoi après avoir cherché les terres et consigné comme il fit dans les registres, il a maintenant, lui le fils le dernier, plus loin plus haut dans le taillis une cabane à bâtir avec un porche et des colonnes. Personne ne sait ni ne se dit rien de semblable. Ni du fils qui revient, ne peut faire autrement que revenir, ni de la cabane qu'il entreprend.

Ni seulement du temps qui passe. Tout le temps ainsi attendu, et qu'il fasse si froid, que le froid le saisisse comme une flaque dans l'ornière, un mulot sur le chemin, et alors un soir de neige le petit monte la voir, et il se met devant elle avec tous ces papiers que les uns après les autres il lui donne, et c'est à peine s'il a besoin de parler, on dirait qu'il n'a pas plus besoin de parler qu'elle n'a de l'entendre. Là devant elle avec toutes ces feuilles qu'il tend et qu'elle range les unes après les autres dans le tablier, cependant que dans le taillis il montre la clairière qu'elle ne voit pas, qu'elle n'a jamais vue, là dans tout le gris le froid de l'hiver et tout près d'elle la clairière où le fils meurt sans qu'elle le sache, c'est ce qu'il vient lui dire, que le fils le dernier des garçons meurt et si près d'elle, mais que jamais, à aucun moment il ne reparaît. Oui tout le temps ainsi attendu, et qu'à la fin il se mette là dans le taillis pour mourir, ne reparaissant pas devant elle, ni devant personne qui la connaisse, c'est cela qu'elle comprend, qu'il y a à comprendre. Non seulement il meurt — et le chagrin que c'est quand les fils meurent, et qu'ils meurent là tout près sans qu'on les revoie —, non seulement il meurt, mais il ne vient pas la trouver elle la mère, ni la prendre dans ses bras après tout ce temps, toutes ces années, après tout ce temps il ne monte pas voir la mère, lui dire qu'il est revenu lui le fils le dernier, quand il revient il ne fait que chercher la moitié de moitié d'arpent et bâtir la cabane, et ça n'en finit pas, et chacun se dit qu'il y a sur le coteau près d'ici un gars qui n'en finit pas de bâtir une cabane, jour après jour il bâtit une cabane, avec des essentes, des tuiles de bois, un porche et deux colonnes de bois clair.

Il se met sans rien dire dans un coin du taillis avec l'idée qu'il a maintenant de cette cabane, tout ce qu'il a l'air d'avoir dans l'idée à présent c'est cette cabane à bâtir autour de lui, comme si plus rien n'existait et n'avait jamais existé, comme si avant qu'il ne la construisît, avant bien avant même qu'il n'eût dans la tête l'ombre d'une idée de cabane, elle avait été là dans la clairière du taillis avec son porche, ses colonnes et son allée d'arbres.

Si loin qu'elle l'envoie il revient, avec cette façon qu'il a de revenir, sans rien dire ni reparaître, il revient comme on revient la tâche accomplie, et il trouve ce morceau de taillis, cette friche d'herbe douce, se disant qu'il a trouvé ce qu'il cherche et qu'il est là au plus près, se le disant et tuile après tuile entreprenant la cabane. Quand il regarde de ce côté il voit les friches ainsi que le toit de nos granges, la fumée des toits, il regarde nos granges et nos toits, et il se dit que maintenant il est très près, au plus près qu'il peut être après ce temps, c'est ce qu'il se dit et que bientôt chacun comprend, chacun de nous ici, tandis que le soir tombe et la neige n'en finit pas, tout autour sur le taillis et sur la rivière, la neige qui n'en finit pas de tomber, après tout ce temps il voit les toits et la fumée des toits, il entend les chiens dans les cours et il se dit que ce sont les chiens d'ici, il a cela à se dire. Que de là où il est il voit la fumée de nos toits et entend les chiens d'ici.

Se mettant là dans le taillis avec toutes ces choses qu'il a à dire, jour après jour montant ses planches et bâtissant la cabane, et cela dure plus de temps qu'on ne pourrait le supposer, cela dure tout l'été et l'automne qui suit, et il ne dit toujours pas qui il est, pas plus qu'il ne vient la trouver, tout le temps qu'on le voit avec ses planches et sa brouette il ne vient pas la trouver, malgré que ce ne soit pas l'envie qui manque, ce n'est pas l'envie qui manque pour ces choses-là, cela nous le savons, nous pouvons nous le dire, qui sait même si le soir il ne vient pas rôder jusqu'ici, autour d'elle comme si elle était une ombre, une odeur inoubliable, humer comme un chien l'air qu'elle respire, comme un chien l'odeur, le souvenir des journées d'autrefois, au plus près de la maison où elle a vécu, où elle vit encore. Où les cuisses grandes ouvertes, et ça fait plus d'années que nous n'en pouvons compter, elle s'est délivrée de lui. Une moitié d'heure pour aller et autant pour revenir, dans le taillis à la tombée du jour qui donc le verrait ? Oui le soir avant de redescendre sur le port, peut-être vient-il rôder autour d'elle et de la masure où elle prépare la soupe, vient-il contempler la fumée qui monte du toit, la maigre odorante fumée de tourbe et des châtaignes ou des pommes qu'elle met dans la cendre, la fumée qui dit qu'elle est encore là, qu'elle l'a toujours été. Oui n'est-ce pas lui qui le soir fait aboyer nos chiens, tout cet automne ils ne font qu'aboyer ?

Et quand il n'a plus rien à faire de tout ça, porter les planches les tailler et bâtir ce qu'il y a à bâtir de murs de porche et de toit, il entreprend le banc pour le porche, disant que sous ce porche-là il faut un banc, pour s'asseoir et regarder le jour tomber et tout ce que le soir après l'ouvrage il y a à regarder, il parle du banc qu'il faut, un jour avec trois planches il fabrique sous le porche le banc dont il parle et il s'assied là, il regarde si le banc est à l'endroit qu'il faut, et si de ce banc-là on voit comme il convient ce qu'il y a à voir, l'allée d'arbres et entre les arbres l'herbe qu'il a semée et qui commence à lever, comme dans les belles maisons les pelouses si vertes si douces qu'on ose à peine les fouler, il parle des allées sur lesquelles on marche, on marche sur une allée, l'herbe tendre d'une allée, et tout au bout dans la trouée de lumière, dans le jour qu'il y a entre les arbres, on aperçoit le porche et les colonnes du porche, la maison où le soir on revient.

Il fabrique le banc, il achève la cabane, c'est ce qu'elle comprend, qu'on est à présent en train de lui dire. Un jour, lui le dernier des garçons, il considère qu'il achève l'ouvrage, il considère qu'il n'a plus rien à faire ni à défaire de ce qu'il a fait, et que tout est comme il doit être. Il finit l'ouvrage et alors il lui faut prendre le temps de le contempler, tout ce qu'il veut maintenant, tout ce qu'il a l'air de vouloir c'est un peu de temps pour contempler l'ouvrage, s'installer dehors et regarder l'ouvrage achevé, se disant ce qu'on se dit dans ces moments et qu'il est heureux que tout ça ait été possible, qu'il y ait eu un temps pour fabriquer le logis et un autre pour le contempler, le porche de bois clair et les arbres qui mènent au porche, l'allée très verte, et plus loin entre les arbres le pan de ciel, par-dessus l'allée ce qu'il faut de ciel quand le soir on se repose sur le banc. Il a cela à se dire, c'est pourquoi nous pouvons le voir assis dehors à contempler l'ouvrage, se disant qu'il est achevé et que c'est là un vrai logis avec des murs et un toit, et même toute une allée d'arbres et d'herbe tendre au bout de laquelle on aperçoit le porche et les colonnes du logis. Il marche jusqu'à la cabane, jusqu'au porche où il y a le banc, et alors il se retourne et s'assied et il voit le ciel entre les arbres, et tout au bout l'autre rive avec les champs et les prairies, le clocher, les toits d'un village.

C'est ce qu'il fait. Qu'on lui dit à elle, qu'on lui laisse entendre. Derrière elle, derrière le mur, on lui montre dans le bois la cabane que le fils bâtit. Après avoir marché et consigné

129

comme elle sait, un jour le fils bâtit la cabane, il n'en finit pas de la bâtir, puis il l'achève, il faut bien qu'il l'achève, une si petite cabane, il l'achève et cela fait il reste du temps, oui il reste un peu de temps, de sorte qu'il peut la contempler, il la contemple tout ce qu'il peut. Lorsqu'il s'arrête il contemple la cabane comme il n'a jamais rien contemplé, les murs de tuiles, le porche et les colonnes de bois clair et l'allée qui y conduit. Ayant achevé la cabane il la contemple, il a lui le fils, le dernier des garçons, le temps de la contempler.

Et alors, personne ne sait. Personne ne se dit qu'avant de se mettre sur sa paillasse il prend ce temps-là. Ce moment-là personne ne le connaît, ne le pressent, pas même elle. Avant de se mettre sur la paillasse, le lit de toiles peintes, ce moment qu'il prend pour contempler. Pour dire qu'il a bâti une bien belle bien plaisante cabane. Il arrête le temps, il y a ce moment qu'elle ignore et qu'on vient lui dire où lui le fils arrête le temps, le fleuve fou et ses eaux violentes, il y a ce moment où tout s'arrête autour de lui. Ravi au monde et au temps, inconnu de quiconque ce moment où le fleuve, la grande rivière, s'arrête, où avant de parvenir à la vaste mer, avant de vous reprendre, le fleuve la rivière ralentit, vous dépose douce- ment sur la grève. La meilleure, la plus douce des morts, cet instant sans fin ni commencement où parfois le temps s'arrête, et le monde autour de vous, et plus rien n'existe ni d'avant ni d'après, plus rien n'existe de ce qui vient, pas même l'autre mort, la vraie, la grande mort froide et sombre qui passe la nuit sur ses chevaux et siffle dans l'air de décembre, depuis le bout du monde, de cet endroit connu depuis tou- jours, la grande bouche avide où conduisent les rivières.

Là dans la cabane du taillis un jour, un moment il arrête le fleuve lui le fils qui revient, qui ne peut que revenir, tous les fleuves toutes les eaux violentes, nous le voyons qui arrête le fleuve, qui arrête la voix qui parle depuis le commencement. Avant de se mettre sur sa paillasse son lit de toiles peintes nous le voyons qui arrête le temps et tout ce qui peut s'arrêter, et nous pouvons savoir ce qu'il pense, oui nous pouvons le savoir. Nous nous disons que si nous étions passés nous l'aurions vu sur le banc en train de regarder l'allée et les colonnes du porche et tout ce qu'il y avait de ciel entre les arbres, et nous aurions demandé ce qu'il faisait à cette heure sur ce banc, ou autre chose comme ça. Mais jamais nous ne passions ni ne demandions rien, et ils étaient seuls ces jours-là comme les autres, lui la chienne et le petit, et si ce petit-là se demandait quelque chose il n'en disait rien, n'en parlait pas pour autant, personne ne disait rien, avec la chienne ils attendaient, ils devaient attendre, comme on attend toutes ces choses qu'on sait sans les savoir, et qu'à la fin on voit venir. Oui que quelque chose arrive ils s'en doutent bien, ils ne peuvent que s'en douter.

Et ça n'est pas forcément très long, c'est, avant de se mettre sur sa paillasse, le temps qu'il lui faut pour contempler la cabane qu'il a bâtie autour de lui, c'est peu de temps en vérité, pour cela il n'a besoin que de peu de temps. Et déjà l'automne commence, il ne pleut pas encore, une belle lumière le soir sur le coteau et plus loin du côté de la mer, une belle et claire lumière, et les odeurs qui montent des talus, des friches tout autour, les odeurs d'avant l'hiver, quand il y a encore la tiédeur la douceur, nous disions que c'était une bien belle saison, il ne pleuvait pas encore, non il ne pleuvait pas encore, il y avait dans l'air cette grande douceur.

12

Et quand il a fini, quand il a suffisamment contemplé ce qu'il a à contempler, il envoie le petit de l'autre côté de la Rivière chercher les étoffes qu'il faut, jetées aux portes des fabriques les toiles dont là-bas ils n'ont pas l'usage, rouges et bleues, et tous les oiseaux les fleurs et les torsades qu'il y a dessus, il va les chercher, et demande qu'on veuille bien les lui donner si cela ne fait de tort à personne, et que ce serait bien de la bonté, et quand il revient avec les toiles peintes des plus beaux dessins des plus belles couleurs, il est encore là lui le fils sous le porche à contempler l'ouvrage, à dire qu'il a bâti une bien belle bien plaisante cabane et que c'est heureux qu'elle soit achevée, tout le temps qu'il coud la toile autour des pailles il parle de la cabane qui est comme elle doit être, et de fatigues de fièvres qu'il sent venir, il dit qu'il sent les fièvres qui arrivent, une fatigue très grande, qu'il n'a jamais souffert comme ça des fièvres et des fatigues, il coud la toile sur les pailles, la brouettée de feuilles sèches.

Et alors il se met là et on ne le voit plus, aucun de nous, ni sur le port ni sur le coteau, il n'y a plus que le petit qui passe avec ses paniers, chaque jour depuis que les pluies commencent. Il se met sur sa paillasse, son lit de toiles peintes, et il n'en bouge plus, il est là sans bouger et on ne le sait pas, personne ne le sait, ni combien de temps il entreprend de rester comme ça, sans contredit plus de jours et de semaines qu'il faudrait pour avoir encore le goût de sortir et respirer l'air d'ici, comme tout un chacun abattre sa part de besogne. Là-dedans tourné contre son mur et c'est à peine s'il parle, s'il répond quand le petit arrive avec la soupe et le bouilli, et quand le soir tombe et qu'il repart il n'a toujours pas bougé lui le fils, il ne bouge pas, il reste avec le chien et les écuelles de soupe de bouilli aussi froides que le taillis, le coteau et l'air autour de lui, les écuelles auxquelles il touche à peine, il ne prend ni la soupe ni le bouilli, et bientôt c'est le chien qui finit ce qu'il y a à finir, le lendemain quand le petit revient l'écuelle sur le sol est propre et brillante, lisse comme une faïence.

Non c'est à peine s'il parle, s'il bouge ou se retourne quand le petit arrive, il reste sans bouger ni rien dire, le voyant l'entendant qui lui parle, qui l'appelle doucement, mais restant sans bouger ni rien dire, si bien que ce petit-là se demande s'il faut encore parler, encore l'appeler doucement, dire son nom en lui touchant la main, l'épaule, tandis que la nuit tombe, la pluie, bruyante interminable, chaque après-midi sur le toit et tout autour sur le taillis. Il le voit il l'entend qui se penche sur lui avec son écuelle et le prie de manger, et l'appelle doucement. Ce petit-là à côté de lui qui parle et qui appelle et se demande ce qu'il faut faire il doit bien le voir et l'entendre, et savoir aussi qu'il le regarde, sentant, devinant peut-être sur lui ce regard, un peu plus haut, du côté de l'épaule, de la nuque cet endroit où l'on vous regarde quand vous tournez le dos, il tourne le dos, il ne fait que le tourner. Oui le petit qui vient et revient chaque jour que Dieu fait, qui l'appelle et se penche sur lui, tout le temps que ça dure d'après-midi, de fins de jours jusqu'à la nuit et toute cette ombre là-haut dans le bois, et dans la cabane on ne distingue plus rien, ni du fils ni des fleurs rouges et bleues, ni des écuelles sur le sol, le petit, il doit bien l'entendre, savoir qu'il est là, à lui parler, le regarder. À moins qu'une fois encore comme autrefois ce ne soit elle qui aille et vienne autour de lui, et qui parle de tous ses mots, toutes ces choses qu'elle dit depuis le commencement, elle autour de lui bourdonnante de tous ses mots comme un insecte dans la maison, et on n'entend que ça, on ne fait que l'entendre, saison après saison et aussi durant l'hiver où tout repose. Et le matin c'est le froid qui réveille, le froid qui est dans le corps et n'en sort plus, les os les muscles pétris du froid humide de la terre, du bois à l'entour, la lumière blanche qui monte du sol, qui effleure la terre battue, monte lentement sur les tuiles du mur, il sent l'odeur de terre et de feuilles mortes, et une autre venue de plus loin, âcre presque douce.

Il ne vient pas la voir ni lui dire ces choses qu'on dit après ce temps, toutes ces années, c'est ce qu'elle comprend, que le fils, le dernier qu'elle a fait, se met dans la cabane du taillis et ne reparaît pas devant elle, il reste là sans bouger ni rien dire.

Il reste sur la litière le temps qu'il faut et le petit monte porter la soupe et le bouilli auxquels il ne touche pas, c'est le chien qui lape les écuelles, c'est ainsi que le temps passe, les derniers mois, les derniers jours, et il y a maintenant des soirs où il pleure, c'est bien possible que maintenant le soir le fils commence à pleurer, quand le soir tombe peut-être bien qu'il pleure et le petit voit les épaules se soulever, entend comme un bruit, un raclement sourd, aussi pleure-t-il avec lui tandis que le soir tombe, le soir tombe ils pleurent ensemble dans la cabane, si bien qu'à son tour elle le voit, sans doute voit-elle le fils qui pleure comme autrefois, lentement, avec de grands bruits rauques, quelque chose dans la gorge qui se défait, sourdement se déchire.

Il attend, lui dit-on. Il attend encore. Le temps qu'il faut. La fin de l'automne, et décembre jusqu'à la Noël. Ne mourant pas tout de suite. Attendant que l'hiver arrive, dur et venteux comme celui d'avant, et que d'un coup le froid le saisisse comme l'eau d'une mare, une flaque sur un chemin. Le clouant sur son grabat sans qu'il demande son reste, sans qu'il ait plus rien à demander ni à attendre, et alors c'est le chien qui se met à hurler tout ce qu'il est possible de hurler, et partout on l'entend, sur le port et au carénage et de l'autre côté jusqu'aux fermes, le chien, et le petit à son tour criant, courant tout au travers du coteau, si bien que nous montons là-haut par le taillis et la coupe du bois, et quand nous arrivons nous le trouvons là, le fils, recroquevillé comme s'il dormait, enveloppé des mêmes chiffons que ceux qui brident la litière, la brouettée de pailles et de feuilles sèches, et près de lui le petit qui le veille sans bouger ni rien dire comme s'il n'avait jamais fait que ça, veiller ceux qui partaient et rester sans bouger ni rien dire, pas même vous regarder quand vous lui causez, il regarde le mur devant lui et tout ce qu'il y a derrière le mur, le petit bois des falaises et plus loin la mer par où ils sont arrivés, malgré la neige malgré le gris peut-être voit-il la mer et tout ce que par là-bas il y a d'îles et de caféières, cependant que le froid arrive, la pluie du côté des terres, aussi immobiles l'un que l'autre sur le sol où traînent encore les copeaux, blonds, gris comme les cheveux sur la nuque, nous voyons sur la nuque les boucles grises, s'échappant de toutes les laines et des toiles les boucles de cheveux, fatiguées, grises, doucement éteintes dans le soir gris.

Alors pour le regarder nous le regardons. Mais faut-il que le temps ait passé, nous ne le reconnaissons pas vraiment. Même ce soir-là nous ne parvenons pas à le reconnaître. Une chose est le fils, le dernier, de la vieille des Lutz, une autre l'homme sur sa paillasse, couché recroquevillé comme s'il dormait, nous ne parvenons pas même à le mettre droit, quand nous arrivons il est trop froid, trop raide comme une branche. Nous disons qu'avec ce froid-là ça ne pouvait qu'arriver, que c'est le froid et tout cet hiver que nous avons, et que c'est bien du malheur, oui bien du malheur, nous disons toutes les choses qu'on pense et qu'on dit à ces moments-là, puis nous retirons nos bonnets et nous prions, et tout le temps que nous prions nous le regardons, nous regardons les épaules, la nuque de l'homme, tout ce qui apparaît d'entre les chiffons, et l'un de nous dit qu'il a quelque chose du fils de la Gertie, il parle des boucles sur le front et du visage, de la douceur sur le visage, autour des lèvres, des tempes très larges, alors nous demandons au petit comment l'homme s'appelle et s'il est de par ici, mais il ne répond pas, il n'a pas l'air de vouloir répondre, et nous n'y pensons plus. Il faut croire que nous nous trompons. C'est ce que nous disons. Que nous nous trompons et que ça n'est pas le fils, le dernier, de la Gertie, et que ça ne peut pas l'être, vu qu'elle reçoit encore les lettres de là-bas, oui les lettres elle les reçoit encore. Si bien que nous n'y pensons plus, une fois encore nous oublions. Ça doit être qu'il faut que nous oubliions, c'est ça que ça doit être. À notre avis il nous faut oublier.

Nous oublions que c'est le fils qui revient et qui est là dans la clairière du taillis, nous oublions la clairière et tout le temps qu'il reste sur sa paillasse, nous le regardons et nous l'oublions lui, couché comme s'il l'avait toujours été sur ce lit de pailles et de toiles peintes, et les ficelles qui écorchent la peau, la marquent de rose et de vif, et parfois un insecte court tout au travers, en tous sens sur le sol de terre froide, le fouillis de pailles et de terre battue, dans tout l'hiver, dans toute l'obscurité d'ici un lucane, un charançon.

Nous oublions et nous oublions, mais à le regarder avec cette cabane autour de lui, nous disons que ce n'est pas un logis qu'il a fabriqué. Qu'à notre avis, tout le temps où nous l'avons vu aller et venir avec ses planches et sa brouette, il avait dans la tête autre chose qu'un logis. Autre chose qu'un endroit pour vivre et le soir prendre du courage pour la besogne du lendemain. Non ça ne devait pas être un logis qu'il avait dans l'idée, ce qu'il est convenu d'appeler un logis, c'est ce que nous disons, que nous comprenons. Comme elle qui n'a plus besoin de rien voir ni d'entendre, si ce n'est la cabane dans la clairière, et le peu de jour, le froid très gris, tandis que le fils est là sur son fouillis de toiles qui à la fin lui font des écorchures, tout recroquevillé, tout de guingois et pliant les genoux tout ce que l'on peut plier de genoux, on dirait un enfant, sur son fouillis de pailles et de terre battue, et non loin tout au travers de la cabane dans un sens puis dans un autre l'insecte qui a échappé à l'hiver, tout autour de lui l'insecte qui va et vient, a survécu au froid à la neige, et tout ce qui d'ordinaire a raison de ces insectes-là.

Non ça n'est plus la peine de parler ni de rien demander, plus personne ne parle ni ne demande rien, il y a des choses que nous savons depuis le commencement, des choses que nous avons toujours sues. Nous pensons au ciel bleu et à cette douceur dans l'air parfois, aux printemps et aux étés. Nous y pensons comme jamais. Nous y pensons comme à ce que nous voudrions revoir et que nous ne reverrons plus, oui faut-il que le chagrin nous traverse, nous disons que nous ne reverrons plus rien de ce que nous aimons, le printemps et le piétinement des chevaux dans le pré, ni le ciel dans l'eau des mares, bleu, mauve, et tout de suite après une frange de brume, le rose d'un grand nuage, ou la pluie douce et tiède comme le vent qui vient de la mer. Dans le tournant du fleuve là-haut quand nous sentons venir le vent de mer, celui qui pousse jusqu'ici les bateaux d'Amérique.

Quand il s'en va. Quand nous ne voyons plus que le dos, les laines qui l'enveloppent, sur le sentier quand il passe les mares, dans le bas du ciel la petite silhouette qui s'éloigne, du même pas régulier, gagnant le taillis, le bas du coteau, comme s'il n'avait jamais fait que ça, venir trouver les vieilles dans leur maison puis s'en retourner comme il était venu, cependant qu'il n'arrête pas de neiger, sur le bois et plus bas sur la Rivière. Il n'en finit pas de neiger et lui de se tenir devant elle, les yeux pâles, grands ouverts, le regard pâle et brillant sous les larges paupières grises, montrant les taillis dans le bois, montrant les rivières sauvages et violentes, montrant immense, inoubliable le commencement et la fin de l'histoire, dans l'ombre nous voyons briller cette pâleur, cette nacre pâle, les yeux de ce petit-là qui n'en finit pas de se tenir contre la porte, de raconter ce qu'il sait.

Tout contre nous il n'y a plus que le froid et la nuit lourde, profonde, et parfois l'appel d'une bête dans le taillis, c'est à se demander s'il y a jamais eu autre chose, si par ici il y a eu un jour autre chose que le froid et la nuit lourde profonde, il n'en finit pas de neiger et lui de s'en aller par le chemin creux, de tourner le dos et de s'en aller et quand elle commence à bouger c'est pour venir à la fenêtre et voir du côté des fermes si elle l'aperçoit encore.

Elle n'a plus besoin qu'on vienne la trouver par les sentiers de neige avec des liasses de feuilles et de pages, ou qu'on lui parle d'une cabane avec un porche et des colonnes qu'un fils fabrique tout près d'ici. Ni même que ce soit la neige ou les pluies ou le soleil qui se lève et se couche. Elle a seulement besoin de le voir un peu plus longtemps, ce petit-là qui s'en retourne, de plus en plus gris, de plus en plus petit par le chemin des mares, bientôt indiscernable dans le bas du ciel, dans le gris de l'hiver.

Et quand elle se tourne vers nous c'est pour dire que ce serait bien de la bonté qu'on lui lise ce qu'il y a de marqué là sur les papiers, alors nous allons chercher l'écolier des Vignelles et il lit ce qu'il y a à lire, il lit jusque tard dans la nuit, et quand la chandelle s'éteint elle en cherche une autre, elle dit qu'elle fait excuse pour la peine que c'est de lire tout ça, les lettres jamais envoyées, jamais mises au sac des navires et aussi sur les pages des livres celles qu'il commençait, et alors tout se mêle des lettres et de la consignation, il lit jusque tard dans la nuit, tandis que l'une après l'autre elle prend les feuilles et les pages et les remet dans la poche du tablier, et lorsqu'il a fini elle retourne dans le coin des fagots, pesant de tout son poids sur la canne elle s'assied dans le coin des fagots et nous souhaite bien le bonsoir, elle dit qu'elle va prendre un peu de repos, et le lendemain à la même heure nous repassons et elle est encore là son paquet de feuilles à la main, elle est là avec toutes ses feuilles à nous regarder, pour nous regarder elle nous regarde, mais cette fois ça n'est ni pour le bonjour ni pour le bonsoir, ni rien de ce qu'elle dit depuis vingt ans quand elle nous voit arriver.

Et nous restons à nous taire. Andrès, Ange Berthomé et Petit-Jean des Vignelles. Dans tout ce froid, toute la nuit, entière, profonde. Nous pensons aux rivières et au temps qu'il faut pour descendre les rivières, pour arriver à la mer profonde après quoi il n'y a plus rien. Nous pensons aux histoires que racontent ceux des bateaux, les marins qui traversent les sept mers et les autres qui portent jusqu'ici le bois des montagnes, nous pensons aux histoires que nous craignons d'entendre, et nous descendons, nous disons que maintenant il nous faut descendre, parler de ce que nous savons, c'est ce que nous disons, que cette histoire-là il nous faut la raconter. Nous descendons trouver ceux des bateaux, mais bientôt nous ne savons plus de qui nous venons parler, de la vieille Gertie ou du fils, le dernier, qu'elle avait, ou bien de ce petit-là d'Amérique. Il nous semble ne plus bien savoir ce que nous savons, ni du commencement ni de la fin de l'histoire, ni même s'il y a à tout ça un commencement et une fin. Nous sommes là dans tout le froid, tout l'hiver qu'il y a, et parfois l'un de nous se retourne, il dit qu'on ne sait jamais quand ces histoires-là arrivent. Qu'il y a des choses comme ça qu'on ne sait pas vraiment, qu'on ne peut savoir.

Et quand nous sommes aux carrières, nous apercevons les premiers feux, les auberges et les lumières de la ville. Nous allons trouver ceux des bateaux et nous disons que nous venons parler du fils, le dernier de la vieille des Lutz, qui est mort dans la cabane, c'est lui qui portait toutes ses planches sur le port avec l'enfant et le chien, lui le fils le dernier de la Gertie, cela nous le disons, nous pouvons le dire. Le reste, les hommes qui n'arrêtent pas de faire ce qu'ils font, et les rivières qui les emportent avec tout ce qu'il y a à emporter d'arbres d'hommes et de bêtes, le reste nous n'en disons encore rien, oui faut-il qu'il y ait des choses à ne pas dire, des choses qu'on ne dira jamais, le reste nous ne le disons pas.

Nous nous souvenons de lui, qui arpente le coteau avec ses planches et qui consigne dans les livres. Il marche il consigne dans ses livres, puis il marche à nouveau, il descend les mornes, il arpente les coteaux avec ses planches, il marche, nous le voyons marcher sur une colline, un coteau, hâtant le pas, filant entre les sacs et les cordages, les grandes voiles rouges et brunes des bateaux qui rentrent, marchant sous la pluie, et parfois il se retourne, il regarde la Rivière et les maisons de pêcheurs, les moulins et les toits de l'autre rive où de temps à autre le soleil apparaît, éclaire un champ d'herbes, une vigne, il regarde l'herbe qui brille dans le soleil, la terre claire des vignes, bientôt il ne voit plus que le ciel gris et les nuages de pluie et devant lui où il va, le taillis du bois et la clairière où est la cabane, il contemple la cabane puis il se couche, il reste là sans bouger ni rien dire comme s'il dormait, nous le voyons, nous le regardons qui vient mourir devant nous, et non pas disparu, évanoui dans l'oubli la touffeur d'une savane, nous le voyons mort devant nous et ce petit-là à côté de lui, et alors nous disons que rien ne finit.

Sitôt qu'arrive l'hiver nous racontons l'histoire, il y en a toujours un parmi nous pour la raconter, Andrès, Ange Berthomé, et Petit-Jean des Vignelles, nous tous qui l'avons trouvé dans la cabane et le petit à côté. Ce doit être au-dedans de nous ces cris que nous n'osons crier. Nous n'osons pas déchirer la nuit noire de ces cris que nous entendons au-dedans de nous. Oui ce doit être l'hiver, et au-dedans de nous ces cris que personne n'entend, ignorés de tous, ces cris que les soirs d'hiver, les soirs de pluie nous crions.

Il y a des années où plus que d'autres nous attendons le printemps. Nous attendons le ciel bleu et la douceur du vent, la Rivière tout en bas, bleue comme la mer, et le soleil sur les voiles des bateaux. Là-haut sur le coteau plus personne ne passe. Les ifs ont grandi et maintenant on les voit de loin, il suffit de monter jusqu'aux jardins, cet endroit qu'ici on appelle Miseri, de loin on voit la ligne sombre, la double crête qui mène au porche, aux deux colonnes de bois clair. Cet hiver nous sommes allés le chercher derrière les frênes et nous l'avons ramené à la cabane, nous nous sommes dit que c'était comme ça que ça devait être.

Le soir sur le port nous apercevons le petit avec le chien, ils regardent les bateaux qui arrivent, ceux qui s'en vont, le vent se lève chassant les nuages au-dessus du fleuve et plus loin vers les terres, le soleil revient, il colore doucement les voiles qui sèchent sur la pierre, quand la nuit tombe ils regagnent les vieux quartiers, dans le ciel les gris et les bleus peu à peu le cèdent aux noirs, aux violets sombres, et par-dessus, quand cesse la pluie, court un nuage clair, vif, porté par le vent.

avril 1998 - février 2001

Achevé d'imprimer
sur Roto-Page
par l'Imprimerie Floch
à Mayenne, le 24 septembre 2001.
Dépôt légal : septembre 2001.
Numéro d'imprimeur : 51999.

ISBN 2-07-076308-0 / Imprimé en France.

5100